閑来無事

陈喜华 著

与我清茶一杯
小菜一碟，叙旧神侃

陕西新华出版
太白文艺出版社·西安

图书在版编目（CIP）数据

闲来无事／陈喜华著.－－西安 ： 太白文艺出版社，
2025.2. －－ ISBN 978-7-5513-2905-7

Ⅰ.Ⅰ267

中国国家版本馆 CIP 数据核字第 2025GX2832 号

闲来无事
XIANLAIWUSHI

作　　者　　陈喜华
责任编辑　　张丽敏　 张熙耀
封面设计　　玉娇龙　 韩　静
版式设计　　玉娇龙　 韩　静
出版发行　　太白文艺出版社
经　　销　　新华书店
印　　刷　　武汉怡皓佳印务有限公司
开　　本　　880mm×1230mm　 1/32
字　　数　　151 千字
印　　张　　7
版　　次　　2025 年 2 月第 1 版
印　　次　　2025 年 2 月第 1 次印刷
书　　号　　ISBN 978-7-5513-2905-7
定　　价　　78.00 元

▲ 作者与母亲近照

▲ 作者与中国作家协会副主席白庚胜夫妇

▲ 作者与著名报告文学作家理由(左二)及夫人陶斯亮(右二)在一起

▲ 作者与全国女市长协会名誉会长陶斯亮（原国务院副总理陶铸及原中组部副部长曾志的女儿）在一起

▲ 作者与中国报告文学学会会长何建明在一起

▲ 中华人民共和国公安部原督察局局长余新民在"陈喜华《扶贫日志》作品研讨会"上讲话

▲ 作者与音乐人戴腊华演出前合影

▲ 与国家一级演员，著名朗诵艺术家徐涛夫妇在长沙市留影

▲ 作者与中医大师侯越（中）先生在广州

目　录

序　　　　　　　　　001

第一辑 / 老家印记

吴台村　　　　　007

南岸街　　　　　009

隔蒲潭大桥　　　014

老同学　　　　　021

教　堂　　　　　024

学　校　　　　　026

府　河　　　　　028

幺　叔　　　　　032

怀念老屋 044

父亲的扁担 048

第二辑 / 平凡人物

"圆泛人"胡生清 053

泪别金正纯 055

老妈妈、老党员陈振芳 059

永恒的记忆 061

丹青难写是精神 064

业委会里的踏实人 066

这个女警不简单 069

警营中的"黑客"超人 072

程小丽有位"金龟婿" 076

第三辑 / 书海拾贝

"迟到"的阅读 081

读《读史札记》的札记　　　　086

定位人生　　　　092

读《杨绛传》之记　　　　095

第四辑 / 思想留痕

勤勉人生与玩物丧志　　　　099

公益公心源于善心和善爱　　　　101

不让生活"留白"　　　　103

立志要高远　行走要碎步　　　　106

穿过黑暗的困惑之门　　　　108

再说维护身体的重要性　　　　109

却道天凉好个秋　　　　111

感悟"秋愁"　　　　112

心达而险　　　　114

人生能有尽如人意之事吗　　　　115

坚持训练　　　　116

善待他人不仅仅是情操,更是情商　　　　117

品言悟道　　　　118

"丈夫当朝碧海而暮苍梧"随想　　　　119

人活着唯一能够解决问题的是让自己强大　　121

语言是多么的神奇　　　　123

生活是多么美好　　　　125

良好的家风　　　　127

板荡识诚臣与智者必怀仁　　　　129

什么东西最可怕?　　　　130

大贤之明　　　　132

喜庆的忧伤　　　　133

相逢崎路与歧路　　　　134

复忆《陋室铭》而思　　　　135

晨起心语　　　　136

和　年　　　　137

健康堪忧又失二君　　　　139

善待老年应该起于何时？ 140

第五辑 / 九州走笔

去宁乡市 143

杨开慧故居 146

炭河古城 149

沩水源 152

触摸 600 年前的明城墙 155

去冬北国 今夏南疆 157

水绿江南 飞足塞外 158

别离佛山 160

香港之痛 161

昆明西山之旅 162

千户苗寨我来了 164

第六辑 / 所遇琐记

"番茄公社"在三合　　　　　169

西河古渡与新河彩桥　　　　172

为母亲祝寿　　　　　　　　177

一位养殖小白鼠的业主　　　179

从无极到鹿泉　　　　　　　182

未了高关情　　　　　　　　185

静悄悄的早晨为谁忙　　　　189

相遇在黎明前的病房　　　　191

又是清明临近时　　　　　　194

永远的牵挂　　　　　　　　196

传承百年的何氏炒米糖　　　198

母亲安康我无忧　　　　　　201

楚珍园　　　　　　　　　　203

亲爱的同学,你们在哪?　　　204

后记:用手机记录生活的美好　206

深入骨髓里的文脉

◎　陈敬黎

前两年,陈喜华在出版报告文学集后,他告诉我他要再出版一本散文集。上个月,当他把散文集《闲来无事》的样书交给我,托我给他的这一部新作写序时,我吃了一惊,没想到他真的说到做到了。说到做到,这是一个人为人处世的至高境界,对做文学创作的人来说更应该如此,说到就要做到,因为他要用作品影响人。

初看封面,一把茶壶,两只茶杯,便让人联想到品茗聊天的场景,再仔细看书名"闲来无事",我的感觉是这个封面设计与书名很搭。

家乡书写,应该是每一个人都有的冲动,尤其是一位作家。在这本散文集中,陈喜华以"老家印记"为第一辑,将深深刻在他心中的家乡的大美山水,人文旧迹,斑驳村落,父老乡亲等,用笔墨慢慢展开,让他们活灵活现地跃然纸上。

在《吴台村》一文中,他写道,吴台村濒临府河,以前村民大都以捕鱼、种菜为业。开市于清朝咸丰年间的南岸街一度热闹非凡,清末至民国时期,南岸街郭、宋、黄、陈四大家为富庶望族,不仅家境殷实,而且人才辈出。在这四大家中,陈喜华是陈家后裔,他应该是"人才辈出"中的一位,"如今的吴台村三座跨河大桥一字排开,一改过去靠小舟、机船摆渡的落后面貌,南来北往的火车呼啸而过，汽车川流不息。村中的水泥路、家中的自来水、村民的小洋楼、门前的小轿车无不彰显着时代的美好，展现着村民的幸福。"在这今昔对比中，他不仅写出了家乡的根脉，更以小见大，写了家乡翻天覆地的变化，昭示祖国的日新月异，繁荣昌盛。在《南岸街》一文中，他讲述了这片故土的变迁，更写到了他记忆中的各色商铺，以及梭子粑粑、勾炉饼子等家乡特色美食。这是一个作家在家乡书写中必不可少的落墨。文中，他写到了他儿时抓鱼摸虾、游泳戏水的府河。中国乡村大多依水而建，因此，门前屋后的大小河流便成了孩子们操练水性，抓鱼摸虾补充家里需要的理想场所。更可称道的是，他通过写府河，写到了母亲的出生地，这便是对母亲河的记忆书写。这条河养育了他的母亲，便有了他和兄弟姐妹们的来处。以此升华为中华民族的母亲河——黄河、长江，养育了我们的祖祖辈辈，中华民族便有了来处。

在写物的同时，陈喜华对人的书写更为深刻。在《幺叔》一文中，他写到了他父亲与幺叔两大家挤住在一处七十多平方米的房子里二十年，写到了他的母亲和幺婶娘的家长里短，写到了他父亲与幺叔的磕磕碰碰，更写到了兄弟情深，妯娌亲如姐妹的传统美德。长兄如父，长嫂如母。在他们产生矛盾时，总是长兄、长嫂低头。"幺叔与我父亲两兄弟是完全不同的性格：一个善变，性柔；一个倔强，性刚。而幺婶与母亲两妯娌的性格也是完全不同，我的母亲相比我幺婶而言柔弱，两人同在一个屋檐下从未吵过一次架。"在幺叔因病去世时，他的父亲迅速赶到了他幺叔身边，老泪纵横，这种生离死别的伤痛，陈喜华虽然着墨不多，但从前文的铺垫中，已一目了然，这便是作者的高明之处，不把话说透，留给读者思考空间。在《父亲的扁担》一文中，他写道："父亲用他肩上的扁担，挑着超过自身重量的东西健步如飞。那时的我，总认为他力大无比，后来才知道那只是生活所迫。"陈喜华通过对一根扁担的书写，道尽了压在父亲肩上的重担何其重。对一个家来说，父亲便是天，这个天不塌，这个家就是完美的避风港。但是，要肩负起一个家的责任，父亲肩上那根扁担,他一刻也不敢松下来。这便是父亲的伟大。陈喜华没有用语言去赞美父亲,仅仅写一根压在父亲肩头的扁担,让人泪目。

接下来的第二辑,他以"平凡人物"为题,但是,他笔下的人物却一个个活灵活现,个个都不平凡。无论是老妈妈、老党员的陈振芳,还是"园泛人"胡生清。无论是金老爷子,还是熊老爷子。无论是不简单的女警,还是警营中的"黑客"超人。陈喜华笔下的人物,个个都出人意料地不平凡,这些人物都以文学的形式深入了他的骨髓。

在"书海拾贝"一辑中,他写到了读书的作用,一个人只有读书才会使自己的人生变得有意义,才会对社会有所贡献。

接下来,他写到了自己的思想印记,对理想的追求,对生活的留白,对人生的感悟。更写到了他游历祖国大好河山的心得。总之,他的笔下美不胜收。我不多说了,各位看客自己去悟。

2025 年 4 月 6 日夜

陈敬黎　中国作家协会会员　湖北省作家协会委员会委员。

第一辑

老家印记

吴台村

吴台村地处湖北应城市东部，系东马坊街道管辖的一个自然村落，现有 5 个村民小组，户籍人口 1273 人，村域面积 1.2 平方公里，耕地面积 630 余亩。

吴台村又名吴家台子，原属云梦县管辖。吴氏开基祖于明朝时迁居此地，在此繁衍居住 500 余年。1957 年应城市将三合店、枣林乡、隔蒲潭南岸街与吴台村合并，隶属应城市郎君区郑洞人民公社，改称吴台大队，原南岸街分为第一、二生产队，吴台村则分为第三、四、五生产队。

吴台村濒临府河，以前村民大都以捕鱼、种菜为业。开市于清朝咸丰年间的南岸街一度热闹非凡，清末至民国时期，郭、宋、黄、陈四大家为富庶望族，不仅家境殷实，而且人才辈出，如陈继实曾是黄埔军校毕业的高才生。清末的南岸街出了多名秀才，甚至还出过举人。

吴台村民风淳朴，村民大都信奉天主教，他们还组建了一支唱经队。19 世纪 80 年代末，意大利传教士在村里修建了天主教堂。20 世纪 70 年代，教堂被拆除。2004 年，根据我国民族宗教政策的相关规定，吴台村天主教堂得以重建，一时间，云梦、汉川、应城的教徒纷纷前来做礼拜，好不热闹。

新中国成立后，吴台村又出现了占从喜、吴双元、吴美元、吴楚汉等军中骄子，还有20世纪70年代参军的张永国、张永忠、吴斌章等人，他们都是军地两用人才中的佼佼者。改革开放之后，吴台村新一代的青年人中，出现了不少能工巧匠，如吴龙义、吴龙高、吴景元、吴顺章、吴春章、张干成、张永亮、陈红兵等，他们都是业有所成、回馈桑梓的杰出代表。

如今的吴台村3座跨河大桥一字排开，一改过去靠小舟、机船摆渡的落后面貌，南来北往的火车呼啸而过，汽车川流不息。村中的水泥路、家中的自来水、村民的小洋楼、门前的家用小轿车无不彰显着时代的美好，展现着村民的幸福。

由东马坊街道办修建的吴台木材市场，筑巢引凤，八方来客如云，是云梦、应城交界处最大的木质建材销售基地，拉动了村级经济的发展。吴台村村民种植的绿色蔬菜远近闻名，吴台村成了政府高度重视、深受百姓欢迎的"菜篮子工程"基地。

在习近平新时代中国特色社会主义思想的指引下，吴台村美丽乡村建设绽放出耀眼的光芒！

南岸街

我相信很多应城人都知道隔蒲潭大桥，因为那是应城人去云梦和孝感的必经之路。但是，我却笃信很少有人知道这座桥下曾经有一个喧闹繁华的老街市。那么，居住在这个集市里的人们以及这些人的一些故事，恐怕知道的人会更少。

是的，隔蒲潭大桥下就是《应城县志》中记载的东市隔蒲潭，俗称隔蒲潭南岸，或南岸街。这里起市的源头，我多次查询史料都没有找到记载。根据族史推测，南岸街至少在清朝咸丰年间就有了集市。据传隔蒲潭是因为临街的府河上游有一汪深不可测的潭水，所以称"潭"，而为什么把这个潭称作"隔蒲潭"，我们不得而知。从字义来看，隔有间隔、隔壁的意思，蒲即多年生草本植物香蒲。因此，我们可不可以把隔蒲潭理解为隔着一片长满蒲草的水潭，或者是隔壁蒲草满潭呢？我想这种猜测不无道理。

隔蒲潭的集市以府河水为界，分南岸和北岸，南北两岸都有集市。我的先祖是南岸街人，所以我仅就南岸街上发生的一些故事讲讲这里的过往和变迁吧。

南岸街最早是濒临府河而建的一个丁字形集市，隔蒲潭大桥下面是一条南北向的街，这条街的北端还有一条东西向的街。南北向的街是主街，比较繁华；东西向的街是辅街，相对冷清一些。据已故老人李迎春介绍,他家曾在主街上做餐饮,街的最北端是一户艾氏人家,是现在的东马坊艾大村人。当年艾家出过秀才,家境也比较殷实,后来家道中落。街北岸有木质门楼子,出街口就是府河堤,整条街上人的生活用水都取自府河。府河堤外都是清一色的条石台阶,台阶有几十级,一直延伸到临水界面。后来由于府河水量逐年增大,河堤垮塌,居民逐步南迁东移,最后不得不整体搬迁,河堤也渐渐南移,于是隔蒲潭南岸街逐渐从人们的视野中淡出。

1962 年,南岸街整体搬迁到距老街约 300 米的隔蒲潭东南地带,新的南岸街仍然是丁字形格局,不同的是东西向的街成了主街,南北向的街成了辅街。我对这条街有着清晰的记忆:主街西侧是一个公立医院,医院有一位比较出名的黄医生,民国时期曾是军医;主街中间靠东侧有合作社、食品场和屠宰场;最东头靠南侧是一家国营粮店。还有街上开的铁匠铺、早点摊、茶馆、药铺、米糠行、鲜鱼行,卖的梭子粑粑、勾炉饼子等,我都有记忆。但是,旧时南岸街上的四大家族我不甚清楚,我只知道隔蒲潭北岸街有施、袁、余、左四大名门,而南岸街则有郭、宋、黄、陈、程五大望族。

然而,待我懂事之时,北岸街这五大家族大多日渐没落,有的已经消失。

我们南岸陈氏这一族迁居集市时大约有 4 房,或者是 3 房,我们家应该是二房或三房,现在繁衍下来的只有 3 支。幺房至"大"字辈后无子嗣;大房至"声"字辈时人数最多,现在都从吴台村迁出,有一支已经 5 代单传,现迁居武汉市青山区。我的曾祖父有两个哥哥。大曾祖父在南岸街开药铺,膝下有两个孙女,分别嫁艾氏、余氏;二曾祖父为厨师,终身未娶;我的曾祖父生性老实,但家境不好,是当时南岸陈氏一族人中条件较差的一户。曾祖父养育了我的大祖父、祖父及两个姑婆。大祖父有舞文弄墨的嗜好,写得一手好字,每年临近春节便被人请去写春联,只可惜48岁就病逝了。大祖父养育了我的堂伯父、堂幺叔和1个堂姑妈,现在90岁高龄的堂伯父在荆门颐养天年,有3个儿子、1个孙子;堂幺叔有2个儿子、2个孙子和1个曾孙;堂姑妈嫁李台村曾家湾曾氏,43岁早逝。我的祖父以种田为主,兼做小生意,祖母35岁死于难产,当时我父亲、幺叔及3个姑妈均未成年,幺叔那年才2岁,之后祖父鳏居多年未续弦。装殓时,祖母的棺材是赊的,穿的裤子是从大祖母身上脱下来的,足以想象当时家中的困难程度。父亲每每谈及此都泪流满面,难以控制悲伤的心情。祖父享年53岁,当时我的幺叔还未完婚。现在我和幺叔的儿子都已在外工作多年,我们这一支族人也先后离开了南岸街,从吴台村迁出30余年了。

南岸街上的程氏家族是从现在的三合镇双墩村和月池村迁居至此的,这一支人大都是开杂货铺的,府河南、北两岸都有程氏族人居住。目前,我知道的只有程德海老人家(已逝多年)这一支的人。他的亲弟弟后来在应城县物资局当副局长;血侄程新进跟我同在应城市公安局工作多年,后从公安局调至应城市人民法院任副院长,直至退休。程新进有4个兄弟,他的儿子原在孝感市消防支队服役,时为副营级干部,其他情况不详。程德海老人性情温和,为人谨慎,行事低调,我称他为伯爷。他膝下有两个儿子,名为程东太(已逝)、程幺太,这两个儿子的子嗣状况我不得而知。程德海老人还有一个侄儿名程金太,在三合镇商业部门工作到退休,其子程军现为应城市大数据局副局长。

南岸街还有一户姚姓人家,民国年间曾有族人官至县长,在南京市就职,具体情况不详。姚氏还有一个子嗣在东马坊卫生院工作。此外，黄泽毛的儿子也曾在贵州某地挂职科技副县长，在此附上一笔主要是为后人提供一个查询线索。

老南岸街在新中国成立后一分为二，随着公私合营和撤区改公社政策的强力推进，老南岸街与吴台村合并为吴台大队，新南岸街为第一生产队，我们家与东街的张氏、詹氏和宋氏组合为第二生产队。

南岸街除了当时的郭、宋、黄、陈、程五大家族之外，还有艾、付、李、王、褚、夏、张、詹、汪等近20个姓氏人家。20世纪70年代末，随着隔蒲潭大桥的开通、湖北省化工厂的建设投产和化工镇政府的成立，南岸街逐渐萧条，医院、食品厂、粮店等国营单位撤迁搬走。从此，有着近150年历史的南岸老街便慢慢被人遗忘，街上住户也纷纷迁往外地。南岸街现在满目疮痍、凋敝荒凉，仅存的几户人家大都是老人在枯守着旧宅，让人看了顿生惆怅，无不感慨。现实情景，正好印证了"三十年河东，三十年河西"这句民谚俗语。

老南岸东街的张氏一族和詹氏一族后来发展得很好，不仅人丁兴旺，还走出了詹从喜、张永国、张永忠、张应昌等佼佼者。

张氏族人来自云梦县县河一带的张家湾，这一支人勤劳朴实、不甘贫穷、努力拼搏，尤以张木林、张德林两兄弟为最。1976年，张木林次子张永忠、张德林次子张永国同时参军入伍，后来这一对堂兄弟不仅在部队不断进步，而且转业回到地方后也都升到领导岗位。张永国毕业于中国人民解放军防化指挥工程学院，后来转业到孝感市劳动局，从基层一步一步干到局长位置，工作至退休。张永忠在部队转为志愿兵，后转业安置到云梦县人民医院做统计工作，后来成为云梦县卫生局副局长，工作至退休。张永忠胞兄张永发的次子张应昌20世纪80年代从基层考入湖北省教育厅,在此工作多年。张永想是恢复高考后吴台村的首位大学生,后进入武汉水利工程学院学习。张运昌考入孝感卫校,现在应城市中医院工作。这些在当今看来不值一提的事情,在那时的农村却是鲤鱼跳龙门的惊天喜事。

20世纪60年代末70年代初,吴台村还走出了3位空军飞行员,他们分别是吴双元、吴美元和詹从喜。那时候一个村同时出现3个飞行员是很少见的,而且吴双元、吴美元系堂兄弟。詹从喜是南岸街东街人,也是我家邻居,其胞姐是我的二舅妈。他们詹氏这一支是从云梦县隔蒲镇的詹家湾迁入南岸街的。

老街已经不复存在,而我对老街的记忆却总是忘不掉、抹不去,它深深地烙在我的脑海,随着年龄的增长,成了我的乡愁之一。父亲在世时,我曾提出,如果南岸街的人和事没有人写出来,可能几十年后就会完全消失在大家的记忆中,父亲便支持我来写。因为我知道父亲在南岸街,特别是在吴台村第二生产队的经历,有一段时间对他来说是非常压抑的,其坎坎坷坷、风风雨雨,就如同老街一样,会被后人遗忘。

百年南岸老街如同一个承载世事的万花筒,照见历史,照见人心,照见那个时代形形色色的故事。

隔蒲潭大桥

我已经有 1 年多没有回老家了,那个曾经居住了 20 余年的地方,如今似乎变得陌生了起来。记得有一天,我与同学一行 3 人去云梦县隔蒲镇吃"牛脚板面",我与老家擦肩而过时,熟悉的建筑瞬间勾起了我的许多记忆。当车行至隔蒲潭大桥时,我记忆的闸门一下子被打开了,一发不可收。

我的先祖大约在清朝咸丰年间来到现在位于应城市东马坊街道的吴台村,从开基祖算来,我们吴台的陈氏族人在这里落地生根 180 余年了。但随着改革开放的深入,我们这个分支的族裔大多远走他乡,基本上不再回来了。如果我的堂叔不在了,父辈这一代人就没有了,剩下的就是一个远房的堂哥和大祖父这一脉的堂哥了。我总觉得老家吴台村是我们家族在此居住了近 200 年的一个"驿站",可能会被我们的后裔淡忘,甚至是彻底忘掉,正如我们不知道我们这一族群从哪里来一样。父亲说 20 世纪初,因为社会动荡,祖父吩咐他将我们家唯一的一本族谱烧掉,从此,我们就失去了跟远祖联系的线索。但是近些年通过努力,我发现我们这一族群的根,应该属于应城市义门陈氏这一支。我们的开基祖应为江西省九江市德安县车桥镇的陈旺公,北宋年间陈氏祖先按照皇帝的旨意分庄,我们这一支被分到蒲圻县,应城的开基祖于明朝初期战乱时从蒲圻县来到现在的陈河镇张长村一带。根据明朝陈金(官至明朝右都御史,总督两广军务)所续族谱记载,时为现在的龙赛湖一带,地名叫泉陂堤,但是现在应城境内已经没有这个地名了。那么,我们的后裔会不会也忘掉吴台村这个地方呢?我不敢妄断他们不会忘掉。

我翻阅过《光绪应城志》,上面记载当时应城市有郎君桥、长江埠、黎新集、隔蒲潭等地,我们吴台村的开基祖就是隔蒲潭的街民。当时的集市以府河为界,分为河南、河北两岸,现在的云梦县隔蒲镇称为北岸,而应城市东马坊吴台村则称为南岸,集市依河而建,北岸临水有吊脚楼,南岸又分为东街和南街,我的曾祖和两个祖父就在东街。隔蒲潭隶属应城县,而吴台村隶属云梦县。1957年,隔蒲潭北岸划归为后来的云梦县隔蒲公社,南岸与吴台村合并划归为后来的应城市郎君区郑洞公社。

那时没有桥,过河靠船渡。我小时候就是坐船渡河的,但已经没有多少印象了。只记得6岁那年,父母亲把我从外婆家接回来,送入了隔蒲镇(当时还是隔蒲公社)的光明小学,我是跟在一群大孩子后面乘船过河,再徒步两公里左右的路程去学校的。一个6岁的孩子,就这样迈上了艰难的上学之路。想想那时的我们与现在的孩子简直是天壤之别,我们那时候没有人接送,也不担心乘坐那种"小划子"时会不慎落入水中淹死,更不担心一路上可能遇到的交通事故和歹人。我还记得在我6岁时,有一次书包失而复得的经历。那天上午,我下船后跟同学在汽车轮渡码头边玩耍,将书包放在轮渡钢绳转轴的圆盘上面,等我到学校后才发现书包忘了拿,于是我一路小跑向码头,可是已经过去了半个多小时,书包不在圆盘上了。我一路问询,一个大人让我去河堤上找一群挑粪的人问,当我走到那群人面前时，一眼就看到了一个挑粪人的扁担上挂着我的书包。我上前说明了原委，那个好心人跟我谈了几句玩笑话，就将书包给我了。现在想想，6岁的我不知哪来的那种勇气、智慧和胆识！我想应该是时代不一样，人的成长过程也截然不同吧。

还有一次，是我和姐姐从正在兴建的隔蒲潭大桥钢梁上爬行过河。这一段历险记忆，现在想想真是让人毛骨悚然，即使是现在我也不敢去冒那种风险，何况那时我还只是一个7岁的小娃娃。

那天上午，不知是没有渡河的钱，还是为了把父母给的那6分钱（坐一次渡船3分钱）留着当零花钱，或者是觉得好玩，11岁的姐姐竟然带着7岁的我，从只有30厘米宽的钢梁上爬了过去，凌空过河时的那种胆战心惊现在想起来都十分恐怖。钢梁是用30厘米见宽的钢板焊接起来的，桥面左右两边各一根，间距不到两米，长约20米，中间有横隔板和交叉焊接的槽钢加固。我和姐姐在上面爬行就像走钢绳、荡秋千一般，望一眼桥下的水面就一阵眩晕，只能赶紧闭上眼睛往前蠕动，姐弟俩就这样眼睛一睁一闭地爬着，不知爬了多长时间才终于爬过了府河，到了对岸。

后来不知什么原因，隔蒲潭大桥钢梁突然垮塌。就在事故发生的前一刻，我们一群玩耍的孩子才刚刚从桥底离开。当时，不知是天意还是巧合，我们是被监理吴连科（音）赶走的。事故发生后，我们一群孩子得救了，吴连科及另外7个（也可能是6个）年轻的建设者却在事故中罹难。

后来听老人们讲，在这次事故前，这座桥还出现过一次火车试运行失败的重大安全事故。从大人的讲述中我才得知，这座桥刚开始是为汉丹铁路修建的铁路桥。试车失败后，工程指挥部将此铁路桥停建，又在此桥的西边重新架设了一座新的铁路桥。在此，我将

修建汉丹铁路的概况摘录如下：

1958年9月，中共湖北省委为了从根本上改变鄂西北地区落后面貌，支援丹江口的水利工程建设，决定修建从汉口到丹江口的地方铁路。省里成立了汉丹铁路修建指挥部，武汉市和沿线孝感、襄阳地区等市、县也相应建立了分指挥部（所），动员了10万余农民、学生、机关干部组成修路大军，于当年10月从东西两端同时动工。

武汉铁路局派出了3个工程队近万名员工，承担大、中、小桥梁和4米以上涵洞的施工任务。1959年5月，由于大批民工回乡春耕，加之资金不足，东段汉西至襄阳暂时停建；西段襄阳至丹江口继续施工，于1960年6月1日建成通车，长100余公里，经过襄阳地区境内90公里，为省内最早的一段临时营运铁路。由丹江水利工程局铁路分局管辖。

1960年2月，湖北省自筹资金，重新组织人力、物力，东段复工。当年年底，东段路基全部成型。1961年11月东段通至随县境内，1962年3月通至唐县镇。后因压缩基建，唐县镇至襄阳区间再度停建。1963年1月，湖北省地方铁路局撤销，汉西至唐县镇铁路交武汉铁路局汉丹铁路管理处管辖，成为国营铁路。同年3月，武汉铁路局撤销，汉丹管理处改属郑州铁路局。

1965年2月，铁道部决定配套续建汉丹铁路，湖北省成立了续建工程指挥部配合施工，当年3月开工，10月与襄阳接轨。由此，汉丹铁路全线贯通。1966年1月1日举行通车典礼，同时襄阳至丹江口铁路移交国家营运。

在修桥之前，老家那条仅有80余米宽的府河犹如天堑一般，严重地阻碍了河两岸人民的交往通行，也极大地限制了当地经济的发展，甚至为难了周恩来总理及朝鲜民主主义人民共和国第一任最高领导人金日成一行。

1958年11月26日，周恩来总理和贺龙元帅陪同金日成一行，访问了湖北省应城县的红旗人民公社。该公社是全国第二个、湖北省第一个人民公社，很具代表性。据当地人回忆，当年访问团的车辆因为要在河边等渡船，于是周总理、金首相一行只得走下车，在府河的北岸码头等候人工拉渡。我小时候还曾在轮渡船上玩乐，偶尔帮忙拉拉钢绳，当时同学华姐的父亲就在渡船上工作，对此，我的印象还比较深刻。

1970年，湖北省将搁置停建的隔蒲潭铁路大桥改建为公路大桥。

修建公路大桥时，郑洞公社从管辖的村湾（当时叫大队）抽调了一些民工，当时我们家里就有郑夏大队的村民（当时叫社员）临时扎营做饭。

小时候我常常在轮渡码头附近玩耍，那时路边总有一些上了年纪的人，支个小摊，卖点花生、瓜子等小商品。来往车辆掀起一阵黄沙，黄沙飘散后，摊贩们就蜂拥而上，向车上的人兜售自己的小商品。我的父亲就曾在路边贩卖过莲藕，那些莲藕是与人合伙用船贩运回来的。我的曾祖父则在府河码头当过搬运工，因为与人较劲而受过伤，据说是别人将一根木头抬上他的肩头后，又故意用力往下压，导致他从此落下了肩膀歪斜的毛病。20 世纪 70 年代，隔蒲潭大桥通车后，轮渡码头随之撤销。但应城石膏需要外运，上游的木头、石头等物资需要外销，这里又成了运输中转的码头，当时的郑洞公社还在此设了一个搬运站，我的父亲、母亲都曾在码头搬运过物资。改革开放后，吴台村村民在这里又修建了河沙码头。19 岁时，我与好友吴运章买了一条旧船，在此装运黄沙贩卖，那时我们平均每天要挑运黄沙近 3 万斤，一天下来大概可以赚 10 块钱，这在 20 世纪 80 年代初期算是比较可观的收入。但是长时间运沙对人身体的损伤是不言而喻的，我现在身体的一些不适与那时的过度劳动不无关系。

60 年弹指一挥间，老家渡我上学的小木舟找不到了，老家渡过周总理和金首相的汽渡轮船也没了踪影，还有运送货物的大小帆船也远离了我们的视线，为我服务了 3 年的运沙船也不知去了哪里。取而代之的是老家的那些桥，印在我的脑海，留在我的记忆深处。几十年来，隔蒲潭大桥已经扩展为双向四车道，第二座铁路大桥虽然仍在服役，但其当年的辉煌和雄风早已被本世纪修建的高架铁路桥所取代。我记得铁路桥一开始是由现役军人持枪守护的；改革开放后，交出地方民兵持枪守护；大裁军后，驻军也随之取消了。

老家人的渡河方式从乘小舟到乘汽渡轮船，再到过铁路大桥、公路大桥，府河上从 1 座桥增加到 3 座桥，这是我的太祖和祖父无法想象的事情。能见证这些沧桑巨变，我很幸福！从万里长江上的首座武汉长江大桥，到中国人自主建设的南京长江大桥，再到港珠澳跨海大桥，我们国家的桥梁建设故事真是说不完、道不尽。我曾经多次游览武汉长江大桥,也到过南京长江大桥,穿越过港珠澳大桥,还见过不少崇山峻岭中的公路、铁路大桥,无一不让我惊叹于我国桥梁建设的水平。朋友们,难道你们不为之欢呼喝彩吗?

老同学

　　老家的同学很多，有的人我现在连名字都叫不上来了，至于他们现在身处何方，身体咋样，生活如何，我更是知之甚少。如果可以，或者现实条件允许，我真想一一探望他们。但是，从吴台小学七五届毕业，继而在本校读完了两年初中，于1977年初中毕业的那一届同班同学我仍然记忆犹新。七七届初中毕业的人数为37人，继续升入高中的有18人，其中升入化工镇中心学校的有14人，升入隔蒲中学的有4人。我对这一届的同班同学印象极深，对他们之后的发展也多有了解。

　　我们那一届同学大都是20世纪60年代初出生的，最大的为1961年出生，1962年和1963年出生的最多，1964年出生的只有2名女生——宋彩娥和吴桂萍。我们这些昔日的同窗如今已是花甲之年，儿孙满堂了，因此，我想为大家写点文字以留念。

　　我们初入学堂是在1970年。一年级第二学期，我跟同一个生产队的占又兰、占小凤、张菊芝3名女生，从云梦县隔蒲公社的光明小学转学到刚刚建立的吴台小学。那时的吴台小学十分简陋，只有一、二、三、四年级，每个年级设一个班，老师全部为本大队（村）的教师，学校教室为现在的吴台天主教堂，里面是用木板隔开的四间小教室，老师办公室是在教室的南端另建的小房

021

间,这个小房间后来被改成了村部的电工房。1973年,学校迁往第二生产队和第三生产队之间的一块空地上,新校址上建有南、北相对的两排砖瓦平房,北边有5间教室和1间老师办公室,南边有3间教室和1间老师专用房。两排房子的中间是宽敞的篮球场,西边是厕所和跳高、跳远用的沙坑。新校址离我家只有约80米,因此我当时上学很方便。

我们七七届初中毕业班的同学,除继续上学的18名同学和初中未毕业被招入孝感市楚剧团的吴大春外,其余18名同学均进入社会或回家参与劳动。高中毕业后,张运昌(高二未读)又回吴台老家复读初三,考入应城一中,之后再参加高考,被孝感卫校录取,今年刚刚从应城市中医医院骨科退休。他是我们班唯一一个通过高考实现"鲤鱼跳龙门"的优秀学生。吴志兰高中毕业在武汉工作一段时间后,随夫定居加拿大。吴芸华随叔叔吴楚汉进入军营,后任应城市工商局东马坊工商行政管理所副所长,现在广东佛山暂住。吴桂萍随姐姐、姐夫进入军营,后在武汉、上海、惠州等地暂住。吴冬香在应城市南垸小学担任代课老师,现在应城定居。宋彩娥结婚后在湖北双环股份有限公司工作至退休,现随女儿在武汉定居。吴桃荣婚后随夫在武汉从事美容美发工作,现在武汉定居。吴银发在原应城市盐业公司工作至退休,现定居应城。我本人自1981年在《孝感日报》发表了自己的处女作后,便与文字结缘,40余年痴心难改。1983年抽调至东马坊派出所任治安员,1985年进入东马坊法律服务所工作,1987年进入公安机关工作至今,著有7本文集(其中4本已正式出版),现为应城市公安局驻郎君镇鸭棚村工作队队长。我们那一届很多女同学因为远嫁外地,长期不能联系而少有音信,我也常常因与昔日同窗缺少联系而深感遗憾，但我对所有同学的挂念与祝福永远不会缺位。

最令我痛心疾首的是我们那届同学中竟然已有 6 位（目前知道的数据）男生早逝，都没有活到 60 岁，甚至有的才 30 多岁就亡故，令人十分惋惜。吴胜章在孝昌县铁路道口因车祸而亡，当时他的两个儿子都属于学龄前儿童，我记得连续两年春节我都会带着妻子、孩子去他家里探望和慰问。吴宝乐、吴大春、吴国章、张顺志、张世金这 5 位同学则是因病而亡。

1977 年至今几十年，转眼间我们这些昔日的同学已经青丝变银发，步入花甲之年。不忘来时的路，走好当下的路，规划将来的路，应当是我们这届同学的共同心愿。我永远不会忘记我们这些亲爱的同窗，我十分期盼任何同学，无论任何时间，采用任何方式与我取得联系，我也随时欢迎大家来应城与我清茶一杯、小菜一碟地叙旧神侃。不记儿时嫌隙，不言他人过错，不谈学友是非，不议同学长短，只谈快乐，只叙旧情，只言健康，只话当下幸福！

教　堂

如今,应城市有多少个天主教堂我不得而知,但老家先后有两个教堂我是知道的,一个是清末修建的老教堂,一个是 20 世纪 80 年代初修建的新教堂。

第一个教堂建于原第四生产队的台基上,距现在的府河堤约 20 米,我小时候看到的教堂仅存一个宝塔式的建筑,大部分墙裙和其他房屋结构基本上被拆除了。只听说当时的神父姓诺(或者是洛)。神父,是司祭、司铎的尊称,是教堂的实际负责人。我从老人们的讲述中分析,诺神父可能是意大利人,他在主持教堂工作时有两件事给老家人留下了深刻的印象。一是抗日战争时期,老家人遇上日本人纠缠时就会请神父出面调停;二是诺神父在天主教堂内办了一个幼婴堂(或者是育婴堂)。幼婴堂专门收养那些因为家庭贫穷无力抚养的婴儿,大部分孩子是家人送去的。我家邻居宝乐(音)伯妈就是在幼婴堂长大的,所以她一直不知道自己是哪里人,更不用说去寻找父母和兄弟姊妹了。

新教堂的前身是一间老房子,我小时候在里面上过课。随着家庭联产计酬承包责任制的落实,大队部的老房子逐渐闲置了,20 世纪 80 年代初,一个山西来的传教士和一些天主教的信徒共同将那间老房子改作教堂,一时间云梦、应城的信教人士纷纷前来,好不热闹。但是慢慢地,人员又逐渐稀少,仅有老家的村民走进教堂了。

现在主持教堂日常工作的神父是云梦隔蒲镇徐家湾人。

当然,老家两个教堂的名气与卧虎岗的红堂(圣家岭天主教堂)没得比,因为红堂是在 20 世纪 20 年代初"应城教案"发生后修建的。红堂如今被列为历史文物加以保护,它见证了应城人民反殖民主义的斗争历史。我特意去参观了红堂,也多次查找相关资料,我会铭记那段历史,也期盼着能够找到老家首个教堂的更多历史记录。

学　校

准确地说,我的启蒙教育是从 6 岁那年开始的。那时,老家还没有学校,我要翻越河堤,徒步 200 多米抵达河边码头,再乘一叶小舟过河,然后徒步约 2 公里的路程,才能到我要去的学校——光明小学。现在,我除了记得与同村的几个发小一起在那所小学上过学外,那是个什么样的学校,我的老师是谁,我的同班同学有多少,还有他们叫什么名字,我已经完全没有了记忆。但是,老家的村办学校我是记得很清楚的,只可惜这所学校仅办了 30 年就因为生源不足而被撤销。

老家那所存续了 30 年的学校叫吴台小学,在我的印象中,它是 1970 年初建立的,因为 1969 年我还在隔蒲公社的光明小学接受教育,至于读的是学前班还是一年级,我现在已完全不记得。但是,在吴台小学上一年级我是记得很清楚的,我们 40 多个娃娃坐在学校一进门的教室里上课,其他高年级的同学去所在年级的教室时要穿过我们的教室。学校共设 4 个班级,老师全都是本村人,我现在记得的有吴官运、张水芝、吴大燕、张永祥、夏想明、李从秀(已故)、陈元香、程定彪、占从福、吴继兵、吴质安、汪汉庭、吴联想等人。学校教室是村部的一个加工厂改建的,现在已经改为天主教堂,其建筑原貌一直保留至今。

1973 年,学校另辟蹊径,在第二生产队与第三生产队之间的一块空地上盖了两排平房,建了 10 间校舍。1976 年,学校又开设了初中部,所以我的小学和初中都是在老家这所学校读的。在我进入五年级和初中时,我们学校先后调来了 2 名外地的老师,一个是长江埠街道办事处雷岑村的张教柏,另一个是三合镇月池村的李望元。那几年,我们学校的夏想明、张永祥、吴官运相继调往外校任教。

最让我头疼的是上小学三年级时, 有一位老师把我的数学课本拿走给另一位老师去参加培训学习用,我当时又不敢跟父母说,每次去追问,那位老师就说等几天,结果是等了一个学期才把书还给我,害得我的数学成绩一直"跛腿掉裆"。

1975 年,恩师吴联想组织我们在学校办《红星报》《战斗报》,让我们自己写稿子,然后抄在一张 8 开的白纸上,白纸的左上角写上报纸的名称,再将报纸张贴在教室外的墙上;有时也会直接办黑板报,用粉笔写字,再配上插图。好多同学都是摘录别人的文章,而我那时大部分作品都是自己写出来的。现在想起来,我觉得自己能有今天的写作爱好,也许就源于那时候养成的习惯,所以我非常感恩吴联想老师。

1978 年,我离开吴台小学,在化工镇中心学校和双墩乡中学读完了高中。而吴台小学在 20 世纪 80 年代末期又迁到了南岸街原来的商业大院内。2000 年,吴台小学因生源严重不足而被撤销,从此,老家的学校就从人们的视野中消失了,而我却深深地怀念着那里。

我的小学、初中经历,还有关于我的老师、我的同学连同那个时代的记忆,都刀刻般深深印在了我的心中,倒是好多不愉快的事、不厚道的人逐渐在脑海中模糊了起来,我应当感谢那所学校,更应该感谢那些朝夕相处过的老师和同学。

府　河

　　沿着老家的那条河逆流上行 2500 米有个朱前村,那里是我祖母的娘家,后来我的大姑妈嫁到了那个村。而顺着河流往下行至汉川市的刘家隔镇杨家台村,则是我曾祖母的娘家,后来我的两个姑婆嫁到了那里。小时候我去母亲的娘家——郑洞湖的大郑村,也是顺着河堤往下游走去的。因此,这条河对于我家来说真是一条地地道道的母亲河。可是,在我离开老家出来工作之后,这条河不仅与我渐行渐远,而且再也不是流水清澈、鱼翔浅底的模样了。

　　几十年来,我目睹了这条河水质的变化,也看到了水生态的严重失衡和人为活动对河流环境的破坏。

　　这条河叫府河,因其源头在古德安府的境内而得名。郦道元在《水经注》中记载这条河的发源地是随州市大洪山,并称之为涢水。大涢水来自洪沙河的灵官垭,小涢水则来自大洪山余脉的小寨子山。应城市的大富水河与府河一样,都来自随州市境内的大洪山白龙潭。

　　《清史稿·地理志》中记载,府河流经高楼山、隔蒲潭、护子潭。高楼山就是前面提到的朱前村和朱后村的总称;隔蒲潭就是我祖辈开基的地方,隔蒲潭街在《光绪应城志》里是有记载的;而护子潭则是我母亲娘家郑洞湖的一个小集市,小时候我曾去那里玩耍,但没有留下什么印象。

府河给我留下了极其美好的记忆，可是眼下的府河却让我的心疼痛不已。

小时候我们坐着小划子往返于府河南、北两岸，我的祖辈就是南岸街的原住民。那时，每到夏季酷暑难耐之时，我们小孩子就成群结队地在河里游泳嬉闹，看到扯起白帆的货船在河里行驶，大一点的孩子便尾随其后，攀附在船边上，或一手搭在舵板上随船而行，好生惬意。这种货船一直到20世纪90年代才逐渐退出历史舞台。

老家的府河段以前既有货运码头，也有行人渡河的摆渡码头，后来还有汽车轮渡码头。如今那种热闹的场景不仅再也无法复原，而且正在从人们的记忆中慢慢消失。

那时的河码头就是"活"码头，给码头边的人们带来了无限的商机，是活跃经济、驱动发展的引擎！

捕鱼是府河人家的又一种生活方式。各种各样的捕鱼方法真是令人眼花缭乱，最常见的是用网捕鱼。有需要几个人拉动的大围网，也有一个人即可使用的撒网和搬网（俗名搬罾），还有需要两个人合作的赶罾和丝网。

最惹眼的是那种鱼鸭划子围猎的方式。一群人组成一个团队，每个人站在那种两头翘而窄的小划子上面，手执一根长长的竹竿，驱使着一群鸬鹚（也叫鱼鹰，我们小时候叫鱼鸭）在水下"战斗"，捕鱼者一边发出拼杀的嘶吼，一边用竹竿尖头拍打着水面，驱赶刚刚浮出水面的鸬鹚再次潜入水下继续"战斗"。如果哪只鸬鹚抓到一条大鱼，其他鸬鹚便迅速赶过去帮忙将其制服。我还记得这些"放鹰"的捕鱼者曾在大叔家里歇脚过夜，但他们来自何处我不得而知。

最享受的是那些垂钓之人，在河边站着或坐着，抽着烟，品着茶，不慌不忙，慢条斯理，似是进入一种"姜太公钓鱼——愿者上钩"的境界。他们中有的是船民，闲暇之余在船上打发时间，钓着玩。我既在河边用搬网和撒网捕过鱼，也在河边钓过鱼。那种鳑鲏鱼一群一群游弋在府河浅水区，非常容易上钩，不一会儿就可以钓上很多，烹调之后的味道鲜美极了。

再就是讨业事的人下滚钩：用一根长长的尼龙绳或者是棉线绳做主线，然后在主线上面系上下垂的钩，一般都是前一天晚上下钩，次日早上收钩，收钩时一人立于小划子的前端顺着主线收，一人在船尾划桨。早上会有一些鱼贩子专门跑到河边收鱼，将鱼运到街上去卖。"鲜鱼小菜提篮作价"，鱼价随市场行情，以及品质和大小而涨跌。

20世纪70年代之后，府河沿岸又出现了新的捕鱼方式。先是有人用硝酸铵加锯木屑制成炸药，再用雷管引爆炸鱼；后来又研究出来了"迷魂阵"捕鱼法；进入21世纪，一种更先进也更残忍的捕鱼方式出现，即电鱼。从此，府河里再也看不见一簇簇的鱼群了。

《淮南子·主术训》有言："畋不掩群，不取麛夭；不涸泽而渔，不焚林而猎……孕育不得杀，鷇卵不得探，鱼不长尺不得取。"而2000多年后的今天，人们却这样对待自己赖以生存的母亲河。

然而，老家府河里的鱼类真正的灭顶之灾还不是这些非法捕鱼活动，那是什么呢？是污染。

府河上游的污染导致了整个流域的生态被破坏，特别是化工企业的投产，使得污水源源不断地排入府河，从此，不仅鱼类几近绝灭，府河下游两岸的人畜饮水也完全中断。

20世纪80年代初，随着化工企业规模的扩大，大量的工业废水昼夜不停地向府河排放，那种含有大量氨气的化工废水，让人闻之恶心呕吐，熏得人眼睛刺痛流泪。一时间，府河沿岸的人们成群结队地到府河去捞毒死的鱼儿，我也曾经多次用绑上木梯的盆在河里捞那些因中毒而漂浮于水面的死鱼。

当时，老家农村还没有自来水，于是，不仅府河水中"生灵涂炭"，在府河取水饮用的人们也受到了极大的影响，因生活用水污染及农作物受损而引发的群体上访事件时有发生。

此种状况一直延续到21世纪初才逐渐缓解。

府河的管理如今已深受重视，最显著的举措是"河长制"，有了河长制，就有了府河的法治、长治。前不久，我跟发小娥姐相约去了一趟老家，我们驱车顺水而下，一直走到云梦县护镇堤闸段，沿途堤上设有各级"河长包保责任制"标示牌，虽然河岸边的植被让人难以行进，河水依然有些浑浊，但岸边有人垂钓，时不时也可看见水下有一些游动的鱼儿。这些现象说明曾经元气大伤的府河正在恢复。

我期待那些河长常去河边走一走，看一看，巡一巡，不要有其名无其实，不要"热眼"跟潮流，而要"冷眼"看府河。让"河长制"真正成为"河长治"！

我期盼我的母亲河早日恢复昔日的清净，到那时，我可以趴在河边，再次掬一捧甘甜可口的"乳汁"，饮他个儿时的狂欢！

幺　叔

一

1979 年的冬季,不满 17 岁的我沿着弯弯曲曲的老汉宜公路,从双墩乡(现隶属三合镇管辖)的双墩高中出发,越过五峰岗,穿过黎新集的阳家湾,进入蔡赵村,再经过刘陈村、艾大村,最后翻过汉丹铁路,步行 10 公里,回到了我们一家 15 口人居住的 3 间平房所在地。

可是,我见到的是一片残垣碎瓦,听到的是父亲的哭声,以及幺婶与父亲的争吵声。

那天没有下雨,泛黄的天空中不时飘下零星的雪花。

外婆说:"水缸没有水了。"于是,我默默地拿起扁担、钩子,提着两个大木桶,跑到堤外的府河去挑水回来做饭。全村的人都在这河里取饮用水,夏天也都在这河里游泳、洗澡。

回家次日,我还在临时搭建的塑料棚里躺着,就听见了棚外父亲的哭声。一夜过后,外面的积雪覆盖了刚刚拆除的老屋地基,还有与幺叔平分的那处房产。父亲似乎在埋怨这该死的天气,给他窘困的生活又平添了一道艰难的坎,不是雪上加霜,而是在他的胸口捅下一刀又绞了几圈,似乎印证了那句"穷人做事天打搅"。

我幺叔和与我父亲两兄弟是完全不同的性格:一个善变,性柔;一个倔强,性刚。而我幺婶与我母亲两妯娌的性格也完全不同的,我的母亲相比幺婶而言柔弱一些,但她们同在一个屋檐下从未吵过一次架。

幺叔、幺婶养育了5女1子,父亲、母亲养育了4女1子。两家老小15口人在那个约72平方米的房子里同住了近20年。自我记事以来,父亲与幺婶的争吵好像就不曾间断过。孩子们小的时候,每年除夕的年夜饭,两家人还能凑合着互相搛给侄儿、侄女们吃一点,到后来,就变成了形同陌路的两家人。

听母亲和村上的人说,幺叔和父亲原本是很好的兄弟,为什么后来两人之间会出现那么深的裂痕呢?

父亲是家中的长子,爷爷和奶奶膝下有3女2子,父亲生于1935年,幺叔生于1947年,兄弟俩年龄相差一轮。在那个战乱年代,我们家已经是非常破落的一户了。我的高祖母共生育了3子,最终只有我的曾祖父膝下有了大祖父和我的祖父两兄弟,至我的曾祖母死亡时,这个曾经有过辉煌历史的南岸街人家,已是生活难以为继的"穷户人家"了。到我祖父时,家里更穷,而可怕的事还在后头。

1950年,正值寒冬腊月,天气冷得让人身体发颤,心里发怵。可祖母身边的几个孩子哇哇地叫着:"肚子饿了,肚子饿了咧!"望着两个年幼的女儿和不满3岁的幼子,祖母只得手持铁锹和菜篓子,下到地头去挖胡萝卜,回来煮给孩子们填肚子。年轻的祖母腆着即将解怀的大肚子,为孩子们做了最后一顿饭。

那天深夜,祖母因白天过度劳累动了胎气,在一阵紧似一阵的疼痛中惊醒,同时也惊醒了熟睡的祖父。祖父急忙喊来了村里年近古稀的接生婆,要命的是这个即将临盆的孩子胎位不正,祖母难产了。在鸡叫三更的半夜里，屋外的寒风呼呼地吹过屋顶，祖母在接生婆的不断鼓励和催生下，着力，着力，再着力。当天露鱼肚白时，婴儿终于哇的一声，向人世间宣告自己的来临。然而，在那昏黄的煤油灯下，老眼昏花的接生婆没有从一地血水中找到孩子的胎盘。她便伸手去掏，结果将刚刚分娩过的子宫掏破，祖母在大出血中痛苦地离开了人间。

那时家中贫寒，买不起棺材，甚至连一套装老的衣服都没有。祖父硬着头皮跑到艾木匠的棺材店，说了一大堆的好话，还拍着胸脯做了坚定的保证，终于为祖母赊到了一口棺材。大祖母从自己的身上脱下了棉裤，给尚有一点余温的祖母穿上。时年15岁的父亲深深记得出殡的时候，那些上了年纪的老人反复叮嘱抬棺的后生，起身要轻一点，动作慢一点，生怕用力过猛将棺材抬散了架。我想，那该是一口什么样的棺材呀！时年不足3岁的幺叔并不知道自己的母亲已经死了，他趴在放着母亲冰凉身体的门板旁，试图去吮吸几口母亲的乳汁，可是前一天还为他煮了胡萝卜饭的母亲抛下一群不谙世事的孩子，还有那个后来活活饿死的新生婴儿，永久地离开了这个世界。

幺叔小时候有一个不太好听的乳名，叫"黑伢"。说起来我们家祖孙四代都有一个带"黑"字的小名，除了"黑伢"，我的爷爷被人叫"黑鱼老头"，幺叔的儿子叫"霉黑鱼"，我小的时候因为长得胖乎乎的则被隔壁夏家的婆婆、前屋宋家的婆婆唤着"黑墩墩"，我自己的儿子在东马坊化工大道那条街上则被一些熟人称作"黑砣"。

其实，我的父亲和我的幺叔与世上任何一家的孩子一样，都是父母的掌上明珠、心头肉，也都被冠以了有浓浓亲情味道的名字。我的大姑出生后，祖父祖母盼着生儿子，恰好父亲适时降生，于是他被取名叫望清；接着我的二姑、三姑又分别来到人间，祖父祖母还想生儿子，于是，幺叔就取名叫想清。

父亲21岁那年，正好武汉钢铁公司（简称武钢）招工，他离开了老家，也离开了年仅9岁的幺叔。

二

1956年，武钢在青山区掀开了如火如荼的建设序幕，年轻的父亲就是武钢建设初期的拓荒者之一。父亲在建设工地得知堂弟已经结婚生子，便独自跑回老家向自己的伯母哭诉："松清都有儿子了，我还没结婚。"凄惨的哭声让我的大祖母很是怜悯，于是，她开始为这个侄子四处张罗着找媳妇。

松清是我大祖父的幺儿子，父亲的堂弟，仅比父亲小1岁，我们称他为大幺爷，称幺叔为小幺爷。大祖父的长子叫陈柏清，是年长父亲1岁的堂兄。大祖父与我的祖父年龄相差6岁，两兄弟性格迥异，一柔一刚，在一次打斗中，祖父差点失手把大祖父的眼睛戳瞎。大祖父临死前，我的祖父抬着他去医治时非常焦急和沮丧。这与幺叔去世时，我的父亲万般悲痛的心情是一样的，祖父、父亲、我及我的儿子，我们四代人的性格都印证了那句"刀子嘴，豆腐心"。

大祖母是她那一代人中活得最久的一个，享年83岁。大祖父的娘家在隔蒲潭街的北岸。大祖母姓叶，名九九，因为她生下来时排行第九。不幸的是，她的父亲母亲只养活了她和她姐姐两个孩子。那个年代孩子生得多，死得也多，新生儿死亡率得有百分之六七十。大祖父48岁就走了，大祖母一直守寡，将堂伯父、堂幺叔和我的堂姑妈陈金凤养大成人。大祖父是一个低调行事的"文化人"，写得一手漂亮的毛笔字，在方圆十几里都小有名气。大祖母多次在我面前说,她和大祖父给两个儿子分别取名柏清、松清,寓意是"松柏常青"。如今,大祖母的话犹在耳边,而我的堂伯父现年90岁,堂幺叔现年88岁,两位老人都健在,谈吐也无任何障碍。如果泉下有知,我的大祖父母应该甚是欣慰吧!

我与大祖父未能谋面,只从家中长辈的讲述中,了解他的往事和品性。他曾刻苦练习书法,勤劳耕种田地,他有文人的傲骨,也有非同一般的忍耐力,无论遇到什么事都能戒急用忍,沉着应对。在我心中,他的形象就像一块永不腐朽的金碑、一座永不坍塌的铁塔,他就像我人生道路上的指路明灯。

我那已经逝去的幺叔和如今健在的大幺叔,他们的身上都有我大祖父的影子。他们都是聪明人,是我心中的"智多星"。他们都能在人生的低谷不动声色地躲过暗礁险滩,甚至是屠刀和匕首,变被动为主动,化腐朽为神奇。而我的祖父和父亲,还有我及犬子则都秉持那种"宁折不弯腰,可死不下跪"的德行和操守,说句不好听的话,我们都是"不撞南墙不回头",甚至是碰得头破血流也不改的"犟驴"。

我在小学时期就得知了父亲的工作单位,是武钢一冶三公司。那时,他作为长子,没有忘记年老鳏居的父亲,还有年幼的妹妹和弟弟。他非常体恤我的幺叔,单位发的工装,发的粮票、布票,还有自己的薪水都源源不断地向家里寄。

1958年,大祖母通过换亲的方式为父亲圆了成家的梦想。她以将邻家的姑娘占凤兰介绍给我的二舅为条件,游说我的外婆将掌上明珠嫁给了我的父亲。

婚后,母亲在武钢建设工地做临时工。父母两人的第一个孩子是女儿,也就是我的姐姐,她体弱多病,3岁时又被烫伤,母亲说,烫伤的姐姐当时就像一条被刮了皮的鲇鱼。然而,女大十八变,成年后的姐姐却出落得仙女一般娇艳和妩媚,大有浴火重生、凤凰涅槃之势,惹来了众多说亲的媒婆。

只要父亲回到老家,幺叔就像个跟屁虫,兄弟俩形影不离,让外人看了羡慕。

后来,二姑、三姑都相继嫁人,幺叔还在继续学习,祖父继续种菜、卖菜。大祖父与祖父也有了各自的栖身之所。他们在隔蒲街南岸的东街各立了门户。如今斜跨吴台村的第三座府河铁路大桥临水南侧处,就是我大祖父家的老宅地,而东侧 100 米开外的地方就是我祖父建造老宅的地方。2017 年,我征得父亲的同意,在祖父生前的那块老宅基地为父母修建了一处砖混结构的小陵园,父亲看了甚为满意。

1958 年的那场洪水,让广袤无垠的华夏大地,特别是荆楚大地的农业生产,遭受了重创。粮食歉收带来的饥荒,导致人们无粮可吃,只能吃野草、啃树皮,甚至吃观音土。在这样极端艰难的大背景下,祖父又病了,幺叔和他相依为命。他们都急切地盼望我的父亲、母亲迅速回到老家,因为当时父亲一个月的工资甚至买不到一筐米,不如回老家撑起家里的重担。

三

新中国成立初期,百废待兴。堂伯父陈柏清、堂幺叔陈松清和我的父亲都被招工外出,年龄最小的幺叔尚未成年。

那时,堂伯父、堂幺叔在黄石华新水泥厂上班,后来,因大祖母身边无人,堂幺叔便辞工回了老家。我堂兄陈武华的名字就取自我父亲的工作单位(武钢)和堂伯父的工作单位(华新)。

我查了一下资料,得知华新水泥厂系 1907 年经清政府批准建立的,新中国成立后,毛主席去该厂进行了考察,并称该厂为"远东第一"。如今这个厂已经改制上市 30 余年了。我的伯父后来因三线建设的工作需要调往陕西汉中地区工作了几年,20 世纪 70 年代又因修建长江葛洲坝的需要,调回了位于湖北省荆门市内的葛洲坝水泥厂。伯父是我父亲那一辈兄弟中的长兄,思想比较开明,人很有个性,也很有眼光,最大的优点是知道拐弯,不死磕到底,懂得迂回婉转的"斗争艺术"。所以,在我父亲辞职撂挑子的关键问题上,他迁就了我的祖父和幺叔,而放弃了对我父亲的劝解和阻拦,最终的结局使我父亲后悔莫及、遗憾终生,也让我的母亲泪水滴干、心血耗尽,更让我们兄弟姊妹 5 人从小就经历了一段似火烤、如油煎般的艰难岁月,也间接导致我在 10 岁出头的小小年纪,就身无分文流落他乡,甚至有过轻生的念头。"大难不死,必有后福",我和我受尽苦难的母亲终于是"十年的媳妇熬出了头"。如今,我几乎天天去母亲的独住之所为老人家熬一碗稀饭、炒一盘青菜、炒一碗面,抑或是下一碗汤面、汤粉,花样多多,只求母亲吃得可口。让母亲过得高兴舒心就是我最大的快乐!总之我一定要在母亲的有生之年,跪哺母亲的大泽大爱!

1962 年,为了我的祖父,为了我的幺叔,父亲不听堂伯、堂叔,还有同事徐志明(当时的工段班长)、杨立成(当时的小组书记)等人的苦苦劝诫,也不顾我母亲的坚决反对,一意孤行地从武钢的建设工地辞职回到了农村。殊不知,自己一踏进老家的门槛,就一脚跨入了水深火热的泥淖,害了自己,也害了母亲和我们几个孩儿。

堂幺叔说:"你老头回来时已经是下午很晚了,我们刚刚吃完晚饭,还在外面坐着纳凉。"那是 1962 年的一个初秋之日,父亲挑着一担简单的生活用具走在前面，母亲抱着我3岁的姐姐极不情愿地跟在后面。幺叔把他们三人迎进了那间老房子，就是我前面提到的1979年分家时的那间老屋，他们兄弟俩在此居住了整整17年，最终不欢而散。

次年四月初一，父亲和母亲带着极大的喜悦迎接了我的到来，看着我用好奇的双眼扫视着各色人等，观察着这个世界。可是，一个初生的婴儿怎么可能认得清，分得明呢？

我3岁那年，53岁的祖父被一条疯狗咬伤，最终失去了生命。被疯狗咬之后，他用扁担打死了那条狗，然后去付家药铺买回了中药，听说是解毒的好药，结果服药后，患有严重基础疾病的祖父从此卧床不起，没有留下任何交代的话语就走了。听说祖父生前舍不得吃，舍不得穿，甚至是不愿拿出来治病的仅有的一点积蓄，最终全部留给了尚未成家的幺叔。

祖父死去的当年，19岁的幺叔迎娶了大他半岁的幺婶，幺叔的人生从此翻开了新的一页。

1967年，20岁的幺叔有了自己的女儿，也就是我的堂妹陈秀梅。她是我最为挂念的小妹之一，如今她有了两个儿子，孙子也已上了小学，她生活的艰辛和成长的过程我都比较了解。因此，每当得到关于她的一些好消息我会默默地为她高兴，而一些不好的消息也时有所闻，我对她的感情是骨子里的那种亲情，哪怕此时此刻，我强忍着辛酸的泪水，也觉得自己是幸福的。我时常回忆并向母亲讲述与这个堂妹的过往，那是从小就在一个屋檐下自然结下的一生之缘。听闻她结婚消息之时，我在湖南的浏阳出差，正在代理一起民事诉讼的官司。当天我在下榻的宾馆里向她写了一封满是祝福的贺信，听说她回到娘家看了后满脸是泪，而后来与我产生嫌隙的幺叔却说了一句让我十分伤感的话："秀梅结婚时，他跑出去了。"

幺叔已经去世了，我现在无法向他老人家表达自己的情感，我也无须去证明我对堂妹的那份亲情。正像幺叔死时，我在他的遗体旁边号啕大哭，也无须幺叔知道一样。因为我对他和我堂妹的感情是亲情使然，是无私的、天然的、自发的，没有任何包装和虚伪。事实上，幺叔生病后，便已完全理解了我这个不孝的侄儿，读懂了我的过往，洞穿了我的心扉，明白了我是真诚的。

四

"生如夏花般绚烂，死如秋叶般静美。"这是印度诗人泰戈尔的金句。幺叔的生命终结在了2014年的秋天，那是一个"欲说还休，却道天凉好个秋"的季节。

老家吴台村素以种植菜蔬为主要收入来源，我的家族半商半农，也勉强算一个耕读人家。幺叔和我父亲打理的田地不仅横平竖直，而且禾苗茁壮，那地是盘活了的地，那田是换来柴米油盐的田。无论是种菜的技能，还是地里的收入，他们二人都是全村很多人无法与之媲美的。

除了种菜，幺叔曾作为"赤脚医生"的培养对象，学习过一些简单的医技，还当过生产队的卫生员。20世纪60年代末至70年代初，为了缓解广大农村缺医少药的普遍现象，国家着力在广大农村地区培养"赤脚医生"。我记事时，曾见过幺叔使用那种暗红色的皮质药箱，也见过幺叔为我姐姐诊治阑尾炎。姐姐阑尾炎发作当晚，父亲、母亲刚从生产队收工回来，听到姐姐的呼喊，两人顾不上饥肠辘辘，便用摇篮将疼得呼天叫地的姐姐抬往云梦县人民医院。走时，已是夜幕降临，月上枝头，而云梦县医院距我家有 10 多公里的路程，我只记得父亲边哭边嘱咐着我注意安全，但具体说了什么我却无法回忆起。只知道当晚姐姐就做了手术，摘除了阑尾，大约 10 天后，父亲带着我去云梦县人民医院接姐姐回家，我们乘坐 2 毛钱的绿皮火车到隔蒲站下车后，再步行 2500 米左右回到了家里。

幺叔结婚后，还参加了吴台大队组织的"毛泽东思想宣传队"，他与吴桂芝（音）合演的节目给我也留下了一些模糊的记忆。我只记得他们扮演的是夫妻，剧情大意是思想先进的妻子要养母猪，以带动更多的人"大力发展养猪事业"，而丈夫却要喂养常猪，因为养母猪不赚钱，甚至会亏本。两个人的角色定位、舞台表演，都赢得了台下观众的阵阵掌声和喝彩。后来吴桂芝随夫去了山西长治的军营，我有幸于 2019 年在东马坊邀请到他们夫妇一道吃饭，席间得知，她的丈夫于江夏区人武部退休，夫妻俩现在纸坊街道居住。

大约在 1975 年，幺叔担任了生产队的民兵排长。他很看重这个职务，也很忠于职守，在每年的民兵训练中，他都身先士卒。我记得他在训练总结大会前一天的准备中，还向我询问"联产计酬"的"酬"字怎么写。在次日的发言中他声若洪钟，结果发言未完，嗓子却先哑了。幺叔年轻时的进取之心令我记忆犹新。

分田到户之后，幺叔在农闲时常常要外出做 些肩挑背扛的力气活，以赚取一些辛苦钱。例如，长途贩运土豆，挑着竹编串乡，后来跟随村里的年轻人去广州卖宠物，等等。幺叔去世的次日早上我曾写了一首诗，在此做一摘录：

悼幺父文

深秋人心酸，幺叔撒人寰。

闻讯愁肠断，欲哭泪先干。

阅尽家族史，苦难说不完。

三岁失娘亲，十八父又无。

十九立家业，六十一身瘫。

病卧六年余，殁年六十七。

一生唯谨慎，勤耕不辞劳。

五女又一子，难养却不抛。

农闲走江湖，扁担压弯腰。

南粤寻足迹，崔鸟为生计。

笑迎他人脸，街头讨饭钱。

俭吃不奢穿，精打又细算。

为子奔富裕，对己却吝啬。

如今身已去，慈祥留儿心。

幺叔您走好，九泉享太平！

2008年5月上旬，我们一家正在孝感红光公寓的出租房内为怡儿的高考做最后的冲刺准备。突然，冬梅打来了电话："哥哥，幺爷瘫了。""怎么瘫了？""不知道，全身都不能动了。""还能说话吗？"我第一时间就想到了问幺叔的生命体征。听到堂妹回话"还能"，我意识到病情应该还有缓解的可能。然而，当我和妻子赶到云梦县城关医院时，眼前的一切让我清楚地明白，幺叔，那个曾经健壮如牛、健步如飞的幺叔，如今气若游丝地躺在那张冰凉而又恐怖的白色病床上，生命垂危。

"我两岁半就没有妈了，你要给我写上的。"幺叔向倚在床边的我嘱咐着他的后事。可是，他的儿女们和我这个血侄分明是要和医

042

生一道抢救他的,他自己求生的欲望也是非常之强的,这一年,幺叔才刚刚61岁咧。

半个多月后,幺叔中风瘫痪的病情基本稳定了下来,暂时不会有生命危险。

2014年的9月17日,堂兄陈武华来电话说:"幺爷可能不行了。"我将这个不幸的消息告知我80岁的老父亲,他说:"我们一起回去看看。"我载上父亲、母亲,驱车20公里,回到了老家,回到了幺叔的身边,可是幺叔没有了回应,甚至连眼睛都没有再次睁开,没能再看一看他的哥、他的嫂,还有他的血侄。他似乎厌倦了坎坷多难的人生,似乎看淡了生老病死,似乎被病中的痛苦折磨得失去了理智,也许还有很多很多的原因,但我摸不着,猜不透。

9月23日13:30,幺叔的心脏停止了跳动,他静静地走了。

怀念老屋

离开老家一晃 40 年了,每次回老家,我都要到老屋的旧址上看一看,瞧一瞧。尽管那里没有留下一点点老屋的影子,可我却总想去寻找,越是找不到越想去寻觅。那种怀想与思念的情绪积在心底,痒痒的,酸酸的,麻麻的,甚至是含泪泣血的,但又无处诉说,无人知晓。从前我总认为这种挥不去、抹不掉的对老屋的情感是自己年老怀旧的缘故。后来有几次,我发现很少回老家的幺妹也与我一样,每每回到故乡就要去老屋那个地方站一站,哪怕那里已经没了老屋残存的半块砖头,或是丁点的瓦砾渣土,可我们的心底就是放不下那早已没了踪影的老屋。

我比幺妹年长 13 岁,虽然我们对老屋的记忆和情感都深深地浸入了自己的血液,都深深地刻在了自己的脑海,都深深地烙在了自己的心坎,但是我们兄妹俩记忆中的老屋却是两个完全不同的老屋。在我的记忆中有一前一后两个不同时期的老屋,而留存在她记忆中的老屋,在我的心里虽也是老屋,但却是后期非常宽敞漂亮的新屋。老屋坐落在故乡吴台村,那是一个名不见经传的小小村落,如今在行政区划上隶属应城市东马坊街道。据族谱记载,应是我的玄祖或远祖迁居于此地的,到我这一代已在此繁衍居住了七八代人了。所以我的家族在吴台村的老屋也不应该只有我和幺妹心中的那个老屋,我记忆中的老屋是祖父留给父亲和幺叔,父亲又留给我和幺妹的老屋。祖父早年鳏居多年,他一个人拉扯着我的父亲、我的3个姑姑和幺叔,既当爹又当娘,靠种田、当脚夫、卖苦力维系着一家人的生计。祖父原本住在府河岸边的旧房子,后来因洪水泛滥房子被冲垮,祖父不得不将灾后的残椽旧砖、废木碎瓦搬到府河堤外,重新修建了3间布瓦平房,这就是母亲生下我和3个妹妹的老屋。

在这个老屋里我住了16个年头,幺妹只住了两年多一点。祖父在世时,他跟尚未成婚的幺叔住西边的一间,父亲、母亲、姐姐和我则住东边的一间,中间是堂屋。幺叔成婚后相继有了5个堂妹和1个堂弟,以及3个胞妹,我们总共15号人就蜗居在这个约72平方米的房子里。父亲和幺婶都是性刚之人,常常因一点点生活琐事就闹得不可开交,我们堂兄弟姐妹自然要护着自己的父母,由此家庭矛盾逐步升级。孩子之间过不了几天就忘了大人的纷争,倒是大人们虽在同一个屋檐下却言语不合,互不往来。直到1979年底,父亲和幺叔才商量着拆房分屋,商量的结果是房屋一分为二,爷爷留下来的老屋两个人各自一半,幺叔另辟新宅基,父亲仍在老宅基。

记得房子刚刚拆那天,当晚就下了一场大雪,第二天早上,父亲望着被雪覆盖的老屋,竟呜呜地哭了起来,他说怕天气一时半会儿晴不了,建房就会被迫延期,我们一家人不仅要露宿雪地,而且会增加很多费用,使生活更加拮据。后来,在大姑和舅舅们的支持下,父亲终于把房子建起来了,也是3间布瓦平房,屋外四方墙体都是由砖窑烧制的红色熟砖块砌成,室内的山墙(即隔墙)则是由旧房子的残砖、石块和未加烧制的生砖块(即渣土砖)砌成,房子的后面还另盖了一间火房(即专用厨房)。紧挨厨房的是养猪栏和茅房(即厕所),以及一片约莫20平方米的空地。在当时,幺叔和我家的房子不仅是全村仅见的新房,而且是村民们公认的盖得比较气派的房子,这让父亲和幺叔两兄弟在人前人后很是风光了一阵子。我家的房子既是我家在那里的最后一个新房,也是幺妹眼中的老屋。住在老屋时,正值改革开放初期,全国的工作重点转移到以经济建设为中心,农村实行家庭联产计酬承包责任制,我们跟大多数农户一样房前屋后按照曾国藩的"书蔬鱼猪,早扫考宝"8字家训,养了鸡崽、猪崽,仅有的一片空地也被父亲围起来种上了蔬菜。那时我和姐姐要经常去割一些野草回来喂猪,还要捡拾树枝、收割枯草回来作烧柴。

其实,我在父亲盖起的老屋里住的时间并不长,因为我16岁高中毕业后就基本上独立了,在外卖菜养猪、驾船运沙、长途贩运等,做了很多大人们认为不靠谱的事情。直到后来两次"选青",我才像城里人一样过上了朝九晚五的上班生活。仔细思考后,我认为我的老屋情结可能源于老屋承载了我家很多的历史,可能源于老屋见证了家族的演变发展,也可能源于在灯红酒绿的当下,老屋成了我精神上的一份寄托。

离开老家40年来,我先后将父母接到镇上住了10余年,接到县城住了10余年。我在镇上盖了自己的私房,在城里也有两套房子,一套给父母住,一套我们自己住;如今在武汉的儿子虽未成婚,也买了自己的房子。这些房子无论哪一套都比老屋好得多,无论哪一套的经济价值都是老屋的好多倍,但老屋所孕育的味道我总会久久地回味,那种老祖宗留下的代表淳朴家风的泥土气息,芳香、醇厚,那是祖辈留下的根和本,用现在时髦的话说就是"精气神"。

现在我才终于明白,那痴痴的、浓浓的、久久的老屋情结,来自于老屋给我留下的宝贵的精神财富,老屋在告诉我不能忘记初心。

父亲的扁担

今天是父亲去世一周年的祭日。时隔一年了，父亲的身影还在我脑海中清晰可见，他的一言一行总在我脑海中浮现。他老人家似乎仍在我眼前，似乎就在他和母亲的老屋里坐着回忆他们那些陈芝麻烂谷子的事情，回忆他不曾丢下的扁担。

扁担是父亲人生中最值得回忆的家什之一，它既是父亲劳作的生产工具，也是我们一家人生活的依靠和"功臣"，可以说父亲从幼到老就不曾离开过扁担。一条扁担，他在肩上扛了大半个世纪，挑水挑菜、挑肥担粮、挑石运土、挑货串街等，70余年的扁担生涯，他挑完了一座山，也挑起了我们这个家。

小时候，父亲用他肩上的扁担，挑着超过自身重量的东西健步如飞。那时，我总认为他力大无比，后来才知道那只是生活所迫。那时，正是家穷国弱的时代，也是农村大集体的计划经济时代。白天他要参加生产队的集体劳动，收工后天黑了，他还要回到家里继续挑水担菜。八九岁时，还在上小学三四年级的我就开始帮忙在自留地里做些辅助性的田间劳动，做得最多的是割白菜。这种春、夏、秋季都适宜种植的白菜叫"热白菜"，因其生长周期短、成本低、易种植，父亲最喜欢，他说这种白菜种下去个把月就可以卖钱了。每每太阳落山，我就拿着镰刀，提着小木凳去地里将白菜割好，等父亲、母亲、大姐收工回来择好后,由父亲用竹篮挑到水塘边洗净。次日天不亮,父亲便会将菜挑到街上卖了换米、换油,或换回其他生活所需。总之,生活的柴米油盐都靠他一担一担地挑出去,一点一点地换回来。割白菜看起来是件很容易的事情,其实并不简单,并不轻松。白菜割早了会被太阳晒蔫,去晚了天黑下来不仅看不见,还会被蚊虫叮咬;镰刀下深了白菜的茎部就留长了卖相不好,镰刀割浅了白菜就割散了浪费了。并且割白菜蹲久了人会头昏眼花、腰疼背酸,如果我因贪玩搞忘了时间,还会遭到父亲的恶骂和狠打。父亲有时骂得很刻薄,下手也很重,往往是用手拎耳朵,或是用竹条、木棍打小腿、屁股,我的顽皮与倔强常常导致我被打得满身红印,甚至是血痕。但是做好了也别指望他奖励,哪怕是街上的小吃,或者是一毛钱一二十粒的小糖坨,也不敢奢望他买一点点回来给我们吃,因为他手上的每一分每一厘都是掐着算、省着用的。现在想想,那时我们一家人的吃穿用度,我们兄弟姊妹的学习开支,何曾不是他掐着算、省着用才提供出来的呢?

其实,父亲不仅挑着扁担去卖自家菜,而且还要出远门,去他乡贩菜回来卖,东西南北,方圆几十里,父亲都去挑过菜。我印象最深的是冬天他出去挑莲藕和萝卜,一担萝卜或一担莲藕一百七八十斤,挑回来时往往很晚了,父亲、母亲和姐姐还要摸黑到塘边洗净莲藕或萝卜,才能在次日早上再挑去卖。晚上寒风呼啸,水冷刺骨,我有几次想帮忙洗洗,可是不一会儿手就冻僵了,只得回家休息,而他们不洗完是不会回家的,有时忙到夜深人静,回来时我们鼾声正浓,而次日天不亮我们还在熟睡时,父亲已经又将这些莲藕或萝卜挑到街上卖去了。父亲就是用扁担挑着这一百几十斤,甚至二百斤的货物,徒步十几里,甚至三四十里的路,走村串乡去叫卖。

风里雨里的奔波,流了多少汗,吃了多少苦,我们都不得而知,只是觉得我们一个一个大了,他却一天一天老了,走起路来也不是很快了,脸上的皱纹也一天一天多起来了。

后来,在我们的共同努力和劝说下,父亲离开了老家,依依不舍地放弃了耕种几十年的土地,到城里做起了摆摊设点的小生意。可是,他还是离不开扁担,到处开荒种地,不是种着吃,而是拿去卖。我们兄弟姊妹好说歹说,轮番劝解让其安度晚年,他就是不愿停止劳动,不愿扔掉挑了几十年的扁担,直到临死的前3天,他还与母亲挑水浇菜。

如今,父亲走了,走得干净清白,走得安详平和,当然也走得心有不甘、情有不舍,但他终于扔下了肩上压了他几十年的扁担。

是的,扁担再也不会压在父亲瘦弱的肩上了,但他用过的扁担却压在了我的心上。

扁担是我家几代人生产生活的工具,更是祖辈留给我们的精神财富、精神寄托。如今,父亲走了,我们只能用心里的扁担挑起自己的幸福,挑起做人的良知,挑起家庭的责任!

第二辑

平凡人物

"圆泛人"胡生清

郎君镇鸭棚村的胡家门在应城市域的版图上，可以说是块弹丸之地。然而，在这个小小的村落里却有一个远近有名的"圆泛人"——胡生清。

他教过书，当过兵，是一位有着43年党龄的老党员。犁田抽水的农活他会做，水电安装的手艺他也熟，驾驶车辆的技能更是没得说。凭着一身的本领，他成了鸭棚村村民眼中的香饽饽。近50年来，他乐于公益、善于助人的菩萨心肠赢得了村民的一致好评，于是"圆泛人"的美名在那方湖乡之地广为人知。无论是东家还是西家，无论是年老还是年幼，只要你有事相求，他必定随叫随到。他时常半夜赶到别人家里帮忙修电路、接水管，年复一年，持之以恒，他为乡亲们做过的"圆泛事"不胜枚举。2009年的除夕之夜，小李湾一个产妇临盆，因难产出血失去意识，在公爹多方求助无果的情况下，有人联系到了胡生清，他立即开车载上这个产妇赶往市医院，经过医护人员的全力抢救，最终将母子二人从鬼门关救了回来。现今那孩子已有13岁，聪颖可爱，品学兼优。

幸福桥泵站承担着当地村民2000余亩耕地的农田灌溉任务。夏季是抽水旺季，遇到干旱之年，每天24小时不间断抽水，农户之间常有"抢水"矛盾，而且天气闷热，蚊虫叮咬也很厉害，加上报酬微薄，泵站管理员接连换了好几任，村委会和村民都十分头疼。2008年，经过群众代表大会讨论，请出了"圆泛人"胡生清担任泵站管理员。15年来，在他的精心管护下，泵站的管理工作顺风顺水，未发生一起因用水打架扯皮的事件，也无一次因欠电费或者是泵站设施设备损坏而影响群众农田用水的事件发生。

2018年，村里的新公厕落地困难，大家都不愿将公厕建在自家门口，正在为难之时，又是他主动腾出自家的一块菜地建起了公厕，并义务承担起了清扫的工作。

几十年来，胡生清这个"圆泛人"究竟做了多少"圆泛事"，无人能够统计出来，但大家都知道他有两次为了"圆泛"别人而差点丢了自己的生命，他的身上至今还留着一处伤痕。如今，65岁的胡生清不仅自己继承了其父母乐施好善的品行，而且他的儿子胡志鹏也受他的影响为村里做了许多好事。

胡生清是一个"圆泛"之人，他的家庭也是一个传承了百年良好家风的厚德之家！

泪别金正纯

7月1日正午，火辣辣的太阳烤得人焦躁不安，我整个人都觉得好不舒服，好不自在。

突然，急促的电话铃声响起，更是使人觉得不安。

"喜华哥，您在应城吗？"电话那头道。

"在呀！怎么啦？"

"告诉您个不幸的消息，今天上午金老爷子走了。"

下午3点，我如约将车开到粮贸街朱老爷子的住处，将朱老爷子和文若接上，我们仨一同去了"山上"。

"山上"位于距城西约莫3.5公里的八角碑，这里就是应城市殡仪馆，人们俗称"山上"。其实，这里是没有山的，之所以叫"山上"，大概就是把人送上"山"的意思吧，高山流水，高山仰止嘛！

我与金老爷子的首次晤面是在他位于阳光公寓的家里，我因要写《追忆"应抗"公安局局长樊作楷》一文而求教于他。

那天，我拿了两斤聂山龙井去拜访金老爷子，老爷子开门让我进屋后，先是让我在客厅的沙发上落座，接着他说要送我两瓶白酒，让我带回家给我的老父亲喝，我连忙说："我和我父亲都不喝酒，也不能接受您老的馈赠。"他马上说："如果你不接受我的酒，我也不能接受你的要求，更不会接受你的茶叶。"

然后,他向我讲了一个真实的故事。

大约是 2010 年,他采写《三国大使樊作楷》时,某天提着一兜苹果,敲开了与樊老一同走上革命道路的顾老(顾大椿)的家门,当顾老的夫人看到他手中的"礼物"时,劈头盖脸地批评道:"走走走,这是国民党的那种做法,顾老最不喜欢这一套。"顾老出来打圆场说:"这是老家来的人,我们礼尚往来,也备一份礼让他带回去。"于是,双方达成了君子协定。

听完这个故事,我明白了金老的意思,说:"那我就接受您老的酒吧。"

他立刻来了精神:"成交,我们可以交谈了。"

他将我带进了他的书房兼创作室。在电脑前,83 岁的老爷子熟练地点着鼠标打开了几个文件夹,将他的作品逐一发往我的电子邮箱。

后来,我的文章首先被在国外做土建工程的樊作楷的侄孙看到,再后来被在北京某部队服役的樊作楷的小儿子看到。那一年的清明节,我跟这两位从未谋面的樊老的后辈得以相见。

在金老《三国大使樊作楷》的新书发布座谈会上,我有幸与朱木森、张新平一起被指定为发言代表,受到了 30 多位樊作楷亲友的好评。应城市委、市政府的主要领导也参与了此次座谈会的接待活动。

前几年,金老乔迁新居,我们同住海山应置城小区,时有相遇。他看起来精神抖擞,刀削似的脸庞上,戴一副黑框眼镜,走路一阵风似的往前冲。作为 90 多岁的高龄老人,金老最危险的代步工具是一辆老旧的自行车。他骑自行车骑得飞快,熟悉他的人都劝他说这样非常危险,可他就是不听,将一副"老顽童"的模样展示给世人。

金老是应城市首届"十大文化名人"得主。从应城市文化局副局长职位退休后，他即开始书写应城市地方题材的著作。继长篇小说《陶铸在鄂中》出版之后，又以 81 岁高龄自费奔波 2 万多公里进行调查采访，著写了长篇报告文学《抗战精神》。90 岁时，他又完成了上、中、下 3 册的传记体报告文学《三国大使樊作楷》。这在应城市乃至孝感市，甚至是湖北省内被传为佳话。对此，应城市老领导朱木森撰联做了高度概括："韧发陶铸在鄂中，万里追寻抗战精神，九秩犹叙三国大使故事；身立倭寇之国难，千回追梦蒲骚文明，百岁修成五车厚德老人。"

金老一生受人尊重，做事做人皆为楷模。应城市文化体育局原副局长吴河清为其撰写的挽联"羡恩公不抽烟不饮酒不打牌壮怀犹在风云上；学金老又谦慎又著书又创业素卷长留天地间"，既表达了心声，又缅怀了金老生前的良好品德和励志求索的精神风貌。

挽金正纯先生：

扎根文化，领航文化，传承文化，一生立说永存正气；

绍祖德音，赐后德音，播种德音，千古流芳不朽纯行。

这是应城市畜牧局原局长、应城市诗词楹联协会会长史金发创作的一副嵌名挽联。

敬挽金老先生：

寿域九旬，名满蒲城，高望魂归故里；

文坛数载，功垂书院，贤才德泽后昆。

张灵霞敬拜：

　　仙逝天国，怀长昭德望；

　　泪洒椿庭，仰蒲邑高贤。

　　悬挂在灵堂上方的这两副挽联是蒲骚古典诗词创作新秀、应城市作家协会副主席张灵霞的手笔。

　　连续两天，去应城市殡仪馆向金正纯这位百岁老人作别悼念的人士络绎不绝，我也连续两天前往灵堂参与守灵尽孝。当低回肃穆的哀乐传入我的耳中时，当金老家人痛苦悲伤的神情进入我的视线时，金老慈祥和蔼的音容笑貌就像放电影一样，一幕一幕地浮现在我的脑海里，也一针一针地扎进了我的心里，我在现场几度哽咽。

　　因为他走得有点突然，他的离去让我们十分不舍！

　　如今，我们只能深深地祝愿他老人家在去往天国的路上放慢步履，不要太匆忙，不要太劳碌了！

老妈妈、老党员陈振芳

清晨，一抹阳光把蒲阳城映照得格外清晰。迎着曙光，我早早地来到了宜佳宾馆的大厅。今天，丽姐从襄阳回应城，平姐从贵州返乡，还有桂嫂等人约伴在此下榻，于是，我便早早地来此等候，接她们吃张记的烧饼，喝陈福记的籴汤。

品尝完一顿家乡的美味，桂嫂让我开车送她们十姊妹去葛蓬岗农庄游玩。我让备哥将其座驾开过来，与她们一起去了龙赛湖边的采摘园。

当一群快乐的"疯女人"下地采花（栀子花）、摘桃（黄桃）时，偌大的农庄院内就只剩了我和平姐她妈。

老人家身材矮小，身高只有 1 米 5，看起来干瘪精瘦，虽然上了年纪，但她用鹰隼般的目光打量着我时，显得睿智、机警，完全不像一个临近 90 岁高龄的老人。特别是她讲起话来的那副模样，看着真是精神气十足。

"你贵姓呀？"她问我。

"姓陈，耳东陈。"

"哦，我也是姓陈咧。"

"您是什么字辈哟？"

"我是振字辈的，我叫陈振芳。"

"那您长我一辈,我是家字辈的。"

一问一答,我们迅速拉近了距离,老人家说"我又找到了一个舅侄儿",并十分笃信地说她是我的"姑妈"。

"姑妈"生于 1935 年,今年虚岁 89,其母宋氏因中年丧夫而从翁家改嫁到了当时一贫如洗的陈家。

"我父亲跟我母亲只有我一个孩子,其他都没养起来。"

在那个新生儿存活率极低的年代,她的母亲生了十几个孩子,但都没有养大就夭折了。

新中国成立后,"姑妈"得到了一些学习的机会。1958 年,已经 23 岁的"姑妈"被推选为村妇联主任,并在那年光荣地加入了中国共产党。2021 年建党 100 周年庆典大会上,她获得了"光荣在党 50 年"纪念章,对此她十分高兴。

"姑妈"现随大女儿居住在应城市地税局的家属院里,靠着政府的养老金享受着优渥的晚年生活,6 个女儿十分孝顺,都快 90 岁的人了,还常常跟一些年轻人"修长城",玩得开心,玩得高兴,每天不亦乐乎!

永恒的记忆

昨天中午我正在吃饭，手机"叮咚"一响，我习惯地拿起来一看，神情立刻凝重起来。"父亲今日仙逝"的信息，让我呆呆地愣了好半天，从噩耗中清醒过来，我离开饭桌，在餐厅的大门口拨通了顺弟的电话，确认了不幸的消息。回到饭桌前，我的泪水便湿润了眼眶。这个逝去的老人是我生命中不可忘记的恩人，也是我的忘年交、良师益友。

昨日辰时，出生于湖北省黄冈市浠水县，原湖北法制报社副社长、湖北省司法厅退休干部，也是我尊敬的长辈和老师熊发生带着对世界深深的眷恋，走完了他78年的坎坷旅程。

我和熊老相识于20世纪80年代末期，那时，他才44岁，我则年满26岁，他年长我18周岁。时年，他任职湖北法制报社副社长，我在东马坊派出所做辅警。作为基层政法系统的业余通讯员，我有幸结识了熊老这样的新闻界"大咖"。我在湖北日报社学习培训期间曾先后多次步行前往省司法厅求见熊老，但总难相见。那时不像现在可以事先电话预约，我常常是满怀期待地走过去，然后又心情沮丧地返回来。他那时年轻，是一个大忙人，处于新闻写作的"井喷"期，更是他推动《湖北法制报》面向基层、面向社会卓有成果的黄金期。记得有一次，我在湖北日报社培训结束吃完晚餐后，准备去找他，沿着东湖路走到位于洪山侧路的湖北省司法厅办公楼内的湖北法制报社编辑部，值班人员说他下班回家了；我又找到他的家里，他的家人说他还在洪山宾馆没有回来；我又步行去宾馆找他。当时全省公安工作会议在洪山宾馆召开，我一连敲开了十多扇宾馆的房门，但参会人员都说："熊社长来过，聊完了就走了。"我虽然竭尽所能地找遍所有房间，但最终还是徒劳。当我走回培训住地时，已经是凌晨2点多了。从那时起，我像现在年轻人中的追星族一样，紧紧追随了熊老几十年。熊老的勤奋、熊老的正直、熊老的节俭、熊老的亲和力，已经在我的心中烙下了不可磨灭的印痕！毫不夸张地说，我终身是熊老的"铁粉"！

1945年8月23日，熊发生出生于黄冈市浠水县的一个贫寒之家，作为家中的长子，很小的年纪便跟随父母下地干农活，挑水担肥、拾柴捡粪、耕田打耙的农活他都要去做。他属于生在旧社会，长在红旗下的那代人。初中刚毕业而无钱继续读书的他，选择了从军入伍的道路，他是在"毛泽东思想的大学校里"成长锻炼起来的"笔杆子"。从部队转业到地方后，他被选派到刚刚成立的湖北法制报社工作，从通讯员、记者、编辑，再到报社副社长，他是靠着勤奋努力，凭着勤学苦练而实现凤凰涅槃的。从20世纪过来的新闻人都知道"爬格子"的辛苦程度，那个时候的新闻稿件是要工工整整地誊写在稿纸上面的，一篇文章没有多次的誊抄是不能最终出炉的，我的感受是眼熬红、背坐疼、腰弓弯、手抄麻才有一篇文章出来。而熊老从一个初中毕业就入伍的军人到持有大学文凭的高级媒体人，其间受过的艰苦历练是可想而知的。他勤奋学习、勤奋工作的态度不仅值得点赞，更值得我们去铭记和学习！

出身农家又进入军营的熊老，既有农民的朴实，又有军人的刚毅。他这位从报社的副社长到退休后的耄耋老人，说起话来总是声若洪钟、铿锵有力，一辈子不改快言快语的风格。他是那种面对强势敢于仗义执言，不畏首畏尾的果敢之人。孔子说："士有诤友，则身不离于令名。"他就是一个可以成为"诤友"的人！他对人、对事不掩掩藏藏，心里怎么想的，口里就怎么说，手里就怎么做，从不藏着掖着。

生活节俭、不铺张浪费则是熊老的人生守则。吃、穿、住、行他都十分节俭，他的夫人彭阿姨声泪俱下地向我讲述了一些他的生活细节，我也在几十年的交往中看到了他勤俭持家的良好品行。无论是身上穿的，还是家里摆的，抑或是兜里装的、碗里盛的都十分简单朴素，让我学到了他做人、做事、立身、立言的良好品德。如今他的两个儿子、两个儿媳、两个孙子都是中规中矩之人，朴实的外表、和蔼的态度无不彰显着这家人有着良好的素养和情操。熊老终其一生不仅个人成功，而且培育了良好的家风，这是造福社会、荫及子孙的最大奉献！

近两年来，熊老十分挂念我这个来自基层的小通讯员，每当我去看他时，他都流露出一种别样的幸福和快乐，但我多次提出接其到应城乡下走一走、看一看，都因种种原因而未能成行。现在斯人已去，让我留下了满腹的遗憾和痛苦。他不仅关心了我的成长，前年和去年还连续为犬子在武汉介绍对象，其深深的爱、殷殷的情让我及家人终生不敢忘怀！

"君埋泉下泥销骨，我寄人间雪盖头。"熊老，我会在人间记住您的好，传播您的爱！请您一路走好！

丹青难写是精神

刚刚看完了王宏甲先生所著的《中国精神》，虽是囫囵吞枣地阅读了一遍，但是很受启迪，便萌发了写写身边人、身边事的想法。筛选了我几十年间遇到过的形形色色的人，最终却把思绪的余晖落在了刚刚共事一年有余的肖社红身上。我越想越明白，越思越亮堂，基层工作、社区工作、业委会的工作不正需要他这样的人吗？忽然，他身上的亮点便浮现在了我的眼前，他是一个较好共事的人，踏实、诚恳、勤勉、讲规矩、守底线集于一身！

此前我们两人虽然同在一个小区住了七八年，但由于各自都忙而互不相知。2020年5月16日，海山业委会补选时，我被选为业委会主任，他被选为副主任，于是我们因工作而结缘。初识的感觉并不美好，经过一段时日的工作交往便相知性情，互生好感。我们两人的性格一刚一柔，我急躁火暴爱意气用事，他则冷静理智能以柔克刚，所以在共事时基本上保持了优势互补，刚柔相济，相得益彰。他与其他两位副主任和全体业委会成员的相处都非常和谐，大家都认为他是一个较好相处的人，没有花花肠子的人，交往能够放心的人，这为我们同心共事、和谐谋事、齐心干事奠定了基础。

在我心中他是一个踏实厚道的人，他为人处世非常真诚、厚道，不会当面一套背后一套，也没有偷奸耍滑的虚伪，一就是一，二就是二,踏实得让人汗颜,真诚得让人钦佩。此外,他还是一个勤勉之人,他来自乡下,靠手工作坊的小本经营安身立命,在生意忙的季节里他凌晨三四点就要起床,晚上八九点收活,但是业委会的工作他从没有耽误,值班没有缺位,开会没有缺席,把公事私事合理安排,特别是近期还经常加班为小区的升级改造操心费力,常常是白天忙了就晚上来业委会加班,勤勉敬业的精神可圈可点。然而,我更为欣赏的是他这个人很讲规矩,能守底线。在我的印象中他没有因私事而影响到工作,安排他的事他总是尽力而为,从不推诿、计较,即使偶尔有事不能到会或不能到岗,他也是请假说明情况,然后把手头的事情处理完毕便立即赶到业委会接受任务。在我的印象中他还有一点值得称赞的是从没请过"霸王假",也没那种被批评后的抵触情绪,知错则改,知难而上,很有组织性、原则性,能坚守好底线。人们常说"点滴见精神,平凡才伟大",我不敢妄称他有多么伟大,我也无须歌颂他的精神,但我从他身上认识到了同甘共苦的重要,也明白了一个团队应该需要什么样的人,以及这些人应该具备什么样的精神品质;我还看清了团队中的问题,看清了道路上的崎岖和泥泞。

在社会化的运动中,自然科学也好,社会科学也罢,都是靠人的努力才能有所成就,但是不同的人做出的结果是千差万别的。客观地讲,一个能力很强的人不去踏踏实实地干,成天靠放空炮那是做不好事,也做不成事的;而一个能力不算强,但能笨鸟先飞,把事当事,时时刻刻惦记着、琢磨着去把事情做好的踏实肯干的人,我们没有理由不去帮助他、支持他、鼓励他、表扬他。

而肖社红就是这样一个值得我们去帮助、去支持、去鼓励、去表扬的踏实人!

业委会里的踏实人

我接手海山业委会的工作刚满一年又一个月的时间，在这个熟悉工作情况、做事识人的过程中我遇到了很多干事踏实、不图回报、乐于公益的平凡人，这些人中既有业主，又有楼栋长，也有业委会委员，印象比较深刻的就有明少雄、陈霞、陈亮庭、兰德林、熊星明、严琴等等。我们一直想把小区的这些平凡人、平凡事写出来晒一晒、亮一亮，并录入《海山风采》文集。今天我要写的是业委会里的踏实人祝俊平老师。

大家喊他祝老师不仅仅是尊称，他的的确确是一名执教近50年的基层退休教师。2008年离开教师工作岗位后，祝老师在海山应置城买了商品房，因儿子儿媳都在外打工，他跟老伴在家带孙子。祝老师写得一手好字，又有丰富的教学经验，更有一副硬朗的好身体，于是，应城西河中学就慕名前来返聘，他二次登上了三尺讲台。然而，海山业委会成立之初，急需一个有公心、能吃苦、好文墨，而且坐得了堂、干得了事的同志做文员，同时负责坐点值班和日常接待工作。当业委会的同志找到他时，老祝便欣然应允，来到业委会这个公益性的岗位，至今已干3年有余。

业委会是一个寡于经费，又事务繁杂琐碎的自治组织，特别是海山应置城这个大家庭，无论是建筑面积，还是居住户数、业主基数都处在应城市商住小区的前列,今天张家长、李家短,明天又王家吵、周家闹,零零碎碎、纷纷扰扰、家长里短,你非我是的情况时有发生。说不清扯不断的麻烦事多半便来到了业委会,这里常能听到"祝老师你来评评理"的声音。每当这时,祝老师就成了服务员、接待员、登记员和调解员,先是给找上门来的业主每人倒上一杯热茶,然后听他们各说各有理的唠叨。若遇上大声嚷嚷、胡搅蛮缠的,这时祝老师还必须认真地听,慢慢地说,好好地劝,待其情绪缓和下来了,老祝就用他那横平竖直、遒劲有力的楷书一一记录在册,最后是发挥调解员的作用,以期平息纷争,令双方握手言和。

此外,今年七十挂零的祝老师还兼职业委会的卫生员、茶水员。每天一走进办公室,就能看到爱干净的他抹桌椅、拖地板,然后提着塑料桶去 50 米远的室外提水烧茶。每当想起他默默无闻的付出时我都五味杂陈,这是一个辛勤了半辈子的园丁,经历了几十年的教师生涯,如今他已是儿孙满堂的老者,桃李不说满天下也应该教出了不少优秀的学生,然而他却放下了昔日"先生"的架子,天天在这里为业主、为大家、为我们这个小区做着这些平凡的小事。

我跟祝老师交流虽少,但我内心对他是怀有尊敬之情的。我们这么大一个小区如果没有这种乐做公益的热心人,谁替我们去完成那些琐碎事?我们海山业委会这个集体没有他身上的这种踏实坚守的精神又怎么能去做好业委会的公益? 踏实是一个人做事的态度,也是一个人内在的精神,更是一个团队能干事创业的起码要求,我从祝老师的身上进一步领略到做人做事脚踏实地的品行,我将以他为标杆,做个踏实人,干点踏实事,也希望业委会的全体同志能踏踏实实地做好自己应该做的事。一个人做事如何,别人看得清清楚楚,自己也应该明明白白。"群众的眼睛是雪亮的"，我们每个人在看别人的同时，也应该拿起镜子照照自己。

这个女警不简单

我在警营几十年的工作生涯中，因与文字结缘，曾采写过大量的先进事迹和先进人物，其中之一是一名女警。在采访的过程中，无论是有关领导还是她的同事，或者是与她相识相知相熟的人都众口一词：她，不简单！我也被她的"不简单"深深感动。她用这种"不简单"诠释了一名警察"不简单"的专业素质，也诠释了她"不简单"的人生履历，更诠释了她平凡而又"不简单"的工作成就。她，就是湖北警界人称"测谎专家"的樊艳芳。

一、她有一颗"不简单"的痴心

2002 年，不足 30 岁的樊艳芳被应城市公安局选报为全省刑事侦查工作的首批心理测试技术专业人员。从那时起，她就与这份枯燥、冷门的专业结下了不解之缘，并将自己的全部心血投入此项工作之中。在这个新兴的刑事技术岗位上，她不断钻研，刻苦学习，勤于实践，从一个行业中的新手变成业务上的尖兵。她不仅在理论上撰写了论文专著，而且在实践中被全省同行称为"专家"，呼为"老师"。别处发生了大案及破不了的难案，便请她去实地指导。她的足迹几乎踏遍了湖北省全境，漂漂亮亮地帮同行破获了一宗宗大案，将一个个巧舌如簧、心狠手辣的犯罪分子绳之以法。

近 20 年来，她一直初衷不改，把这一个冷门职业捂成了一个热得烫手的专业，谱写了一篇篇辉煌的乐章，成了一位声名远扬的女刑警，被湖北省刑事侦查总队、孝感市刑事侦查支队的领导视为一位难得的专业人才。时至今日，仍然坚守在这个冷门岗位上的首批刑事心理测试技术人员已寥寥无几，她却从不动摇，从未换岗，以"板凳坐得十年冷"的痴心，忘我前行并卓有成效。

二、她有一手"不简单"的绝活

每当侦查工作陷入"山重水复疑无路"的困境时，侦查员们就想到了樊艳芳；每当突审犯罪嫌疑人进入胶着状态骑虎难下之时，他们想到的还是樊艳芳。所以，每当她出现，便会柳暗花明，迎来破案的希望。近年来，不仅孝感市发生的刑事大案要案少不了她的参与，全省的疑案难案也常见她的身影。

2017 年 11 月 21 日，鄂州市华容区华容镇刘花村的夏某某被害。由于从失踪到尸体被发现已达 1 个星期，案发现场破坏严重，因此警方未提取到有价值的痕迹和物证，无法有效甄别犯罪嫌疑人，侦破难度极大。侦查员摸排出 3 名重点嫌疑人，因无直接证据陷入僵局。12 月 22 日，鄂州警方邀请樊艳芳前往进行心理测试协助破案。她的测试很快为该案排除了此前认定的 3 名嫌疑人。随后，鄂州警方通过调整侦查方向，又认定胡某某有一定的作案嫌疑，便再次向樊艳芳发出协助破案邀请。12 月 29 日，樊艳芳再赴鄂州市对嫌疑人胡某某进行心理测试，测后果断做出胡某某即为此案犯罪嫌疑人的结论。侦查员据此对胡某某展开审讯，胡某某很快交代了犯罪事实。随着本案的顺利结案，樊艳芳的心理测试技术不仅在公安系统内被同行推崇，而且得到了纪检、监察等部门的肯定，这些部门在办案的侦查过程中,常常也邀其协同办案。据统计,近20年来,樊艳芳共参与侦破疑难案件440余起,直接运用心理测试技术认定犯罪嫌疑人78名。在侦查破案的实践中,她不仅大显身手,而且屡建奇功。

三、她有一门"不简单"的专业

27年前,樊艳芳在湖北省公安专科学校学的并非心理测试专业,而是警察管理专业;20余年后,她凭着满腔热忱,抱着一颗恒心,把心理测试学成了自己的专业,并步入了专家行列。采访中,我曾拜读了她的部分办案手札和专业论文,其中很多专业术语和深奥的名词,令我这个在警营工作了近40年的同行似懂非懂,但作为一名文字写手,我知道这些文字的背后凝结了她付出的心血,也彰显了她的专业素养。她所撰写的《论测前谈话的技巧》《论激励测试在犯罪心理测试中的作用》等一批造诣很深的学术论文在刑事侦查领域颇受关注。

2017年1月,某县公安局派出所一民警所配枪支在寝室被盗,因事关重大,惊动了省、部领导,樊艳芳受省厅领导亲自点名指派,连夜奔赴案发公安局,展开对嫌疑人的心理测试工作。嫌疑人系内部辅警,反侦查意识非常强,樊艳芳在排除另外2名作案嫌疑人之后,坚持认定王某是作案人。她对结论的坚持坚定了省厅领导指挥破案的信心,最终经异地突审,此案告破,失窃的枪支也完璧归赵。她据此案写成的办案手札,经归纳总结,形成了有独到见解的专业论文。

采访中,樊艳芳的妈妈不止一次说到樊艳芳完全像个"野人",可她不知她口中的这个"野人"却是公安队伍中的一个大"忙人",业务上的大"牛人",专业上的大"名人",荣誉上的大"红人"。这就是樊艳芳"不简单"的警察生涯!

警营中的"黑客"超人

早期的黑客与现时媒体报道中的黑客是有着本质区别的：前者是指热心于计算机技术，水平较高的电脑专家，是网络建设者，这种人被称为"白帽黑客"或"红客"；后者是指那些专门利用电脑搞破坏和恶作剧的家伙，是网络破坏者，这类人则被称为"黑帽黑客"。应城市公安局刑侦大队副大队长樊军就属于前者，他是典型的网络建设者，也是声名远播的"白帽黑客"，更是湖北警界少有的"黑客超人"。他掌握的公安大数据平台不仅成了公安机关追捕逃犯、侦查破案的千里眼、顺风耳，而且还充当了社会管理和服务经济的定海神针，其作用常常让人瞠目结舌。他是同事们身边的牛人，眼中的痴人，心中的奇人。

一

46岁的樊军在警察队伍中既是那种"板凳坐得十年冷"的平凡之人，又是那种"不鸣则已，一鸣惊人"的非凡之人。

1996年樊军从警校毕业，成为应城市公安局刑事侦查大队的一名侦查员。在侦查办案的过程中，他不仅感受到了刑事警察的艰辛和困苦，还深深地体会到了寻找线索、寻找证人犹如大海捞针的艰难。更困扰他的是有时候案件虽然破了，但犯罪嫌疑人迟迟不能抓获归案。对此,樊军在苦苦地思索中逐步开始大数据的收集积累工作,并且小有收获。市局领导发现了他的这一爱好和优点,扬其所长,在当时条件较为困难的情况下,为他配备了一台专用电脑;2008年又让他担任了刑警大队综合中队中队长,使他能够专司其职,发挥特长。自那时起樊军就一头扎进了大数据整理和平台的搭建工作中,截至目前,仅应城市域的大数据就收集了数亿条,他成了应城公安系统大数据的"活电脑",无论是侦查破案还是基础管理,无论是服务经济还是防控工作,他收集的大数据都发挥了很大的作用。根据他的工作特点和作用,2014年市公安局专门设立了合成作战室;2015年湖北省公安厅专门为其授牌"樊军情报研判工作室",获得这一殊荣的全省仅有10人,孝感唯有他一人。这些殊荣是他孜孜不倦、恒心求索的结果,也是他愧对了父母,愧对了妻儿,有负全家老小换来的成功,由于他舍小家顾大家,把工作看得高于家事,高于生活,所以他成了同行们眼中的痴人。

二

如今樊军已是刑侦大队副大队长,他的情报研判工作室虽然仅他一人,但他在侦查办案中所发挥的作用却是一群人都不可替代或无法完成的。他在全局公安工作中独辟蹊径,取得了出奇制胜的效果。2019年公安部在全国范围内开展了声势浩大的"云剑"行动,应城所列60余名网上在逃人员中,由他个人通过大数据平台分析研判而落地抓捕的有20余人。因为有了科学的思维,又运用了科学的手段,使用了科学的方法,樊军就好像插上了科学的翅膀,遨游在漫无边际的网络世界。他的工作除了给人耳目一新的感觉之外,更重要的是当办案民警在侦查破案过程中出现"山重水复疑无路"困境的时候,借助樊军之力,经常能够轻而易举地出现新的转机,这让办案民警感到惊喜,对樊军深为钦佩。网上在逃人员张某于2004年侵占公司财物数10万元,10余年间张某犹如人间蒸发杳无音讯,武汉市公安机关在久抓不获的情况下前来应城求助。樊军接手后迅速研判并得出结论:张某使用了胞兄的身份证,并持有广东省的手机号码出现在四川省偏僻的南江县境内。办案民警根据樊军提供的线索立即赶赴南江县,在一超市内准确无误地将人抓获。在情报信息研判的过程中,樊军总有一双"慧眼",能从数以千万计的数据中觅得可疑踪迹,发现目标,而且定位准确。当别人苦思冥想、踏破铁鞋无觅处时,他却在不动声色、不事张扬的情况下,手摸鼠标,眼盯电脑,在网络上轻而易举地完成任务,屡出奇招,屡创奇迹。因此,他在同事们心中成了奇人一个。

三

　　生活中的樊军是那种不善言辞,甚至是有点木讷,外表看起来十分低调的人,但他在自己的工作岗位上,在业界同行中却是一个专业素质很"牛"的人。他刻苦钻研,持之以恒,完全是自学成才。现在他的专业知识已达到了专家级水平,不仅常常被请到侦查一线指导实战,还被借调到其他市县公安机关甚至是省公安厅参与协助重大会战,解决疑难。他的工作性质和工作岗位虽然定位在刑事侦查,但他在公安机关内部能够集合诸警种的各种数据、各种功能、各种手段而开展广泛的合成作战,起到事半功倍的效果,取得往常无法取得的成果。樊军作为身藏绝技之人,在工作中屡有创新之举,他的"樊军情报研判工作室"由此也日趋成熟,日臻完善。他常常被请到外地,或参与实战,或做学术交流,实现了从实践中来再到实践中去,较好地丰富了理论内涵,也更好地指导了实践。20余年来,樊军痴心不改,专攻一行,成就了他的独门绝技,也成就了他的"牛"!

程小丽有位"金龟婿"

7月底,我和余运生分别被派往郎君镇知府村、土桥村挂职第一书记,这是我继去年参加义和镇新六村扶贫工作队后,再次换岗驻村的一个学习机会,我很珍惜。我心里盘算着要利用两年的驻村时间写一部关于当前农村、农业、农民的书稿,解剖一个镇或一个村的现实状态,以期回答一些问题,揭示一些现象,探索一些规律,找寻一些经验。不久,程小丽的名字就进入了我的视线,我觉得很有必要见见这位神秘而又特立独行的女子,于是我与运生老弟和土桥村支部书记程新文一道,前往小丽所在的湖北云顶科技公司求见这位传奇的"女强人"。

两台越野车沿着曲折的乡村水泥路一前一后地奔驰,过了郎君镇,再南行片刻便到了云顶科技开辟的一片龟池。初看不以为意,因为我曾见过一些龟池,约访过应城和潜江地区的一些生态养殖专家,特别是潜江市的潘红宇和刘军给我留下了极深的印象,两位都是80后,但他们那种不事张扬、寡言少语、低调行事、埋头干事的沉稳状态,一看就是要干一番大事。他们都是85年出生的年轻人,在31岁(2016年)就实现了湖北创业板的股票挂牌目标,真是后生可畏。碰巧的是程小丽女士的年龄也跟这两位相仿,只是云顶科技的现有规模与之相比还有一定的差距,但我相信程小丽一定会有光明的前途。

接待我们的是小丽女士的丈夫,他平头、身材匀称,白皙的脸庞上透着红润,显得比较干练,有条不紊的语速略带些天门方言。他姓曾,大名祥军,老家在天门市岳口镇。我们在低矮的池塘工棚里拉近了距离,也许是缘分,也许是性格使然,也许是因为我们都来自农村,都经历过沧桑世事,总之我和曾先生都有一见如故的感觉。曾先生曾是同学们羡慕的"学霸",因故进入了他并不喜欢的华中科技大学医学专业,做了几年的职业医生后,改行进入武汉外国语学院做行政工作,在那里又考取了在职研究生,攻读 MPA(公共管理硕士),再后来又漂洋过海赴新西兰坎特伯雷大学任孔子学院的行政主管。当人生的姻缘降临时,他和她走到了一起,两个单身人士中的佼佼者二次握手,成了强强联手的人生赢家。

当下的程小丽不仅在应城红得炙手可热,她在全国观赏龟行业内的名气也让她先生有着无限的"疑惑":"为什么那么多的同行都欣赏她?"曾先生是个复合型人才,逻辑思维、哲学思辨能力都很强,谈兴正浓时,他来了一段漂亮的美式英语,我只听懂了几个单词,但我知道眼前的他是一个有故事、有思想、有抱负的男人。程小丽中专毕业后入伍从军,后赴杭州市做观赏龟贸易,2013 年回到老家土桥村养殖观赏龟。其间的酸甜苦辣一般人未必能承受,但有着军人素养的程小丽愈挫愈勇,从挫折中挺了过来,实现了事业的重大转折。两个都爱"折腾"的人,无疑都是事业上的强人。曾祥军读的是医学本科,又拿了硕士学位,如今却来到荒野从事特种养殖业,行业跨度可不是一般的大,可当他给我们讲解龟种、龟苗、龟养殖、龟贸易时,用一番专业的术语与我们侃侃而谈,如数家珍,俨然已成为行业专家。

我预祝程小丽女士、曾祥军先生的湖北云顶科技公司事业辉煌！也祝愿你们携手共进，幸福安康！

第三辑

书海拾贝

"迟到"的阅读

——有感于《静下心来读好诗》

记得还是 2018 年年底,应城市作家协会在市文体局会议室为李汉超的第二部诗评集《静下心来读好诗》召开研讨会,我在会上做了"同乡、同学、同事"的发言,现在想想那次发言真是文不对题。因为我事前没有读过这本书,所以只能是胡编乱凑、蒙混过关,违背了会议的主题。直到去年的 11 月,我才从书房将此书拿到办公室进行阅读,这次真正是"静下心来读(好诗)"了,这一读就读出了感觉,读出了喜悦,读出了兴趣,于是我利用今年春节假期一边值班,一边又复读了汉超的《静下心来读好诗》。这部被应城市文朋诗友称为"汉超九集"的作品确实改变了我对诗歌的固有印象,启发了我对诗歌的认识,也激发了我对诗歌的热情。于是我有一种内疚与汗颜的感觉,也产生了弥补那次发言缺憾的想法。

曾经,诗歌,特别是现代诗歌处在一个不被大多数人捧读的尴尬境地,诗人,以及诗评大多被人遗忘在角落。与汉超同时期起步写诗的作品颇丰、名气很大的应城籍诗人南飞(汪长明)就是这样在逐渐被人遗忘着。我跟南飞、汉超同为东马坊的老乡,我们 3 个人都是 1963 年出生的"兔子",南飞的小舅舅与我是小学到高中的至交,汉超的夫人与我是高中的同窗。他们的诗我看了一些,但真正用时费力去读是没有的事，我不喜欢读现代诗，也不喜欢看小说，这是从小养成的不良阅读习惯，这个毛病如今正被汉超的文字所"医治"和纠正。

汉超的第一部诗评集《诗海逐浪》我手头没有，但我准备主动向他索要，一定好好拜读。因为我已经未读先知，那是一本在业界很受追捧的作品，不少的诗坛大咖都为之泼墨叫好，而且有人评价那是一部"专家"之作。可惜我这个自诩与他"三同"的老乡却浑然不知，在别人等待他的第三部诗评集付梓时，我才刚刚看完第二部，急着想看第一部。

《静下心来读好诗》一共收录了作品 60 篇，篇篇都是佳作，既有蜚声中外的大家之作，也有流行于世的经典名篇。我是跟着汉超的引导读完的，如果没有他的引导，我理解不了那些诗作的内涵，闻不到那些诗作的馥香，品不出那些诗作的雅韵。换句话说，我是依靠他的阅读而阅读，顺着他的欣赏去欣赏，按照他的咀嚼去咀嚼的。我对现代诗的无知，以及我对现代诗的偏见都被汉超的文字颠覆，我的思想坚冰被其温暖的文字融化，我的情感被其优美的文字激发，我的阅读能力也在汉超文字的推动下提高。

汉超写诗源于 20 世纪 80 年代初，而他写诗评则是近 10 年开始的，但他出手不凡，一发而不可收。8 年时间他写了 120 多篇近 30 万字的诗歌评论文章，评论的篇篇都是诗歌中的经典，诗歌作者既有如雷贯耳的诗歌界"大咖"，也有近些年"一炮走红"的新秀，他认诗不认人，只要是好诗他都囊括其中。作为一个基层教育工作者，汉超近些年在文学艺术界的名气越来越大，在文朋诗友间人气也越来越高，其成就不是偶然的，是踏着一条读诗、写诗、评诗的坎坷道路走过来的，所以他的功夫不浅，基础扎实。以我之愚见，在他的诗歌评论中可以发现他的四个特性。

一是专注性。汉超对诗歌的专注不仅由来已久，而且专注的程度很深。他说："诗歌是我灵魂的呼吸。""我喜欢诗歌，并深深地爱上了它。我爱它爱得死心塌地，爱得如痴如醉，爱得地老天荒。我爱它，并不奢求它一定要爱我，即使它总是给我一个背影，我也要无怨无悔地去追寻它，因为它给了我一路的遐想，一路的芬芳。"言为心声，他这些诗样的语言不是矫揉造作，不是心血来潮，而是他几十年来一以贯之的写照，也是一个年近60岁的诗歌爱好者深藏于内的思想沉淀。"诗歌是我今世的甘甜，没有它的滋养，我会枯萎凋零。我真的已经离不开它了，朝思暮想的是它，魂牵梦萦的是它，耿耿于怀的还是它。"如果一个人对事业怀着这样的恒心，没有不成功的道理；如果一个人以这样的痴心钟情于自己的目标，没有不能抵达的彼岸。所以我对汉超几十年来深爱于诗歌，专注于诗歌的不懈追求肃然起敬！

二是专业性。近些年来，汉超的诗歌也好，诗评也罢，都在全省甚至全国一定范围内悄悄传开，虽不能在全社会引发热潮，但在诗歌界确实很有口碑。在此，我不妨抄录几段大家对他的评价："李汉超的诗评集是一部高水准的诗歌鉴赏之作。解析诗意精准深透，赏玩诗作技巧细腻精致，评价诗作特色精细到位，总结诗作意义言简意赅。""李汉超不同凡响，'肩上有责任，笔下有乾坤'，没有在喧嚣与浑浊中迷失自己。""李汉超的诗评，多从具体文本出发，有理论，有分析，有许多真知灼见。令人读了，会有不少省悟与启迪。""李汉超的诗评都能精确地抓住'诗核'，然后进行条分缕析地'抒情'，是诗评，也是一篇篇有血有肉的美文。"他的诗评的文字深有美感，我读他的诗评很受启发，感觉他的诗评比他的诗作更胜一筹。作为一个扎根教学岗位多年的语文老师,汉超有很深的文字功底;作为一个写诗数十载的诗人,他有娴熟的修辞能力;作为读者、作者、歌者,他积蓄了许多专业知识,所以他专业的诗评能力让我仰视,令我叹服。

三是前瞻性。作为诗歌创作者、诗歌评论者,没有长远的眼光、超前的意识,不能与时俱进,是写不出让人感动的作品的。在中国现代诗歌创新发展的道路上,汉超既是经历者、参与者,也是探索者、思考者。他的思想是敏锐的,意识是超前的,没有因循守旧,没有故步自封,从他的诗评集中我们可以窥一斑而知全豹。随着互联网的广泛应用与发展,网络诗歌也繁荣起来。但是读完一些中国网络诗歌后,我们不难发现:许多高明的诗人并没有写出紧贴灵魂,令人感动的作品来。主要原因可能是他们游离在生活之外,没有真实的生活体验和人生感悟,关起门来玩文字游戏。近半个世纪来,无论诗歌怎么发展,汉超都不是一个麻木的局内人,而是以长远的眼光、超前的思维在追寻时代的诗歌中前进。

四是独立性。生活中的汉超是一个随遇而安、不大挑剔的人,但在做人做事的问题上,他是讲原则、有底线的,特别是他不苟于人、不随波逐流的秉性是我熟知的。读完《静下心来读好诗》中60首诗歌的赏析文章,几乎篇篇都有他对诗作者的综合评价,无论是老者还是新人,无论是位高权重之人还是身处基层的寒士,他都会实事求是,中肯评价。对每一首诗、每一个作者他都认真品评,诚心善待。对所有人的诗歌作品既不囿于世俗的偏见,也不攀附于某些势力和权贵,以纯洁的、独立的态度去写自己的诗评。他独立的人格在其诗评言论中一览无遗,值得点赞!正如中国乡土诗人协会副会长、中文教授杨铁光所言:"李汉超的诗歌欣赏堪称文学评论界一件件珍品,不为市场所收购,不为权势所收买,不为人情所绑架。
自由自在地轻松欣赏与解读。"

　　读完"汉超九集"我深有愉悦之感,美言、美文、美评、美诗样样
扣人心弦,心中酥酥的、痒痒的,因此便在朋友圈里留下了以下几
行文字:

　　那一道横亘的墙壁
　　——读汉超的《静下心来读好诗》

　　很早就有了汉超的书
　　码在书柜里垒成了一方隔墙
　　把它移到办公室里
　　又成了横亘桌面的墙
　　我跟诗的芥蒂很久
　　汉超的书就成了我心中的墙
　　《静下心来读好诗》被人称为
　　"汉超九集"
　　我坐不住便一页一页地搬
　　搬空了书中的砖块
　　我心中的墙也坍塌了
　　虽然没有脚印
　　却在心里烙下了一道痕迹

2021 年 2 月 26 日于寝室

读《读史札记》的札记

《读史札记》是应城市作协原主席朱木森老爷子近年为《应城史话》所撰的专稿,也收录了他在省内多家纸媒发表的文章。这本书共收录了作者34篇文章,总字数12万,但读完这本书颇费了我一番工夫,除了忙于杂事之外,主要是因为他的文章对我这个才疏学浅之人来说非一读而知,非一阅便懂。特别是前13篇文章,我每读一篇不仅仅有不认识生僻难字和不理解文言文的问题,还有很多的历史人物、历史典故和历史朝代与公元纪年的对应换算,我都要去查询相关史籍,所以读起来是颇费时间的。因此前面的13篇文章我用了近3个月的时间读完,后面的21篇文章我仅用了一个礼拜就读完了。所有的文章我都作了阅读笔记。合上书本再思考阅读的轨迹,我觉得这本书不仅串联了我的记忆,增加了我的知识,更重要的是满足了我的怀想,抹去了我的目障,使我在认知、感知历史的道路上又向前跨了一大步。此书史料的丰富程度、涉猎的广度、为文的深度和拿捏的尺度实非我辈所能企及。

一是朱公在《读史札记》中留下了一串又长又厚的"读"的烙印。"近日读春秋《左传》,有一得愚。"(《狃于蒲骚之役的楚将屈瑕》)朱公在开篇首句中就提到了读《左传》,而且读之前"也读过应城前辈文人依据《左传》'蒲骚之役'史料撰述的文字,知晓蒲骚故垒及楚国大将屈瑕建功蒲骚的历史"。为了阐释屈瑕在蒲骚之役一战成名，而在征讨罗国时却"溢于荒谷"的前因后果，朱公不仅读了应城前辈文人的诸篇文章和《左传》，还读了《史记·楚世家》《应城县志》等大部头专著。朱公写《离骚蒲骚的商榷》是因为一篇载于《湖北日报》题为《养生之都、应来之城》的文章称：屈原在应城写下《离骚》。这篇文章吸引了朱公的眼球，因为他曾在《楚辞注》的前言中看到："离骚，离开骚地。李嘉言《离骚丛说》：'骚，应作地名。离骚就是离开骚那个地方。'他（指李嘉言）认为，骚是汉水之北的蒲骚，所以推断屈原在汉北时就是在蒲骚，《离骚》就是在离开蒲骚时写的。"我们从这段叙述中不难看出，朱公不仅在年届古稀时苦读大部头，而且关注《湖北日报》，还细读了《楚辞注》的前言。为了与作者、读者们商榷"离骚蒲骚"留给我们的千古"灯谜"，他又引用了《中国文学发展史》，司马迁的《报任安书》《史记·屈原列传》，以及《诗经》和郭沫若对《离骚》的译诗。朱公说："为读懂两千多年前的浪漫，我经常翻看郭沫若的译诗，感觉良好。"从这些字里行间，我们不难看出每一篇文章的"炮制"都凝练了他苦读的心血。尤其是要将古时贤人们的观点和重大历史事件客观真实地写出来，没有经过博读、详读、苦读是无法完成的。我断定他不仅读了"二十四史"，还读了唐诗、宋词的很多版本，因为书中的旁征博引大都注释了出处，甚至是章节页码都写得清清楚楚，所以"读"的烙印十分明显，读出的"厚度"也非同一般。

二是朱公《读史札记》侧面展现了一个广阔的蒲骚全景图。读完朱公的札记你会感叹："哇，应城咋这么牛啊！"屈原的祖先在这里驰骋挥戈打天下，宋玉的田地把诗仙李白也招来"寻根觅迹"，虽然斯人远去近千年，然李白少年时就在家乡为宋玉写了诗："雨色风吹去，南行拂楚王。高丘怀宋玉，访古一沾裳。"（摘自朱公文。）后来诗仙做了德安府的乘龙快婿，客居安陆时终于来到了"偶像"宋玉当年的田地，并在此生出万丈豪情，吟唱出心中的诗歌："神女殁幽境，汤池流大川……散下楚王国，分浇宋玉田。"当李白的脚步远去之后，又一个同样流芳千古的大文豪也来到这里。4岁就丧父的欧阳修由母亲带着从江西省永丰县来到了应城叔叔欧阳晔的家里，并在蒲阳城里读书学习，他发奋求学，19岁通过州试，22岁获两个"国考"第一，24岁便名扬天下做了"京官"。还有唐朝、宋朝、明朝、清朝的应城县令韦思谦、谢良佐、刘炳、张绍登、齐国政都在国史里留下了芳名。除了这些远来的"文人骚客"外，应城的本土"牛人"也在中华历史上排起了"长龙"，如征战西南、铁腕肃贪的陈金（明朝），5代在朝为官的李幼滋（明朝），7代先后数十人分别在各地州府县衙为官的户部尚书陈蕖（明朝），兵部尚书、"经纬名臣"徐养量（明朝），学富五车、著作等身的陈士元（明朝），傲骨县令张迎芳（清朝），征战南北、客死冰城的陈国瑞（清朝），等等。我"大应国"的风流先贤尽在朱公的笔下"复活"。还有应城的石膏，应城的盐，应城的村落，应城的桥，应城的蒲草，应城的陶，应城的九佬，应城的匠，以及应城的规矩行话、应城的俚俗方言，甚至是应城的补锅、扇子等民间小物都被朱公写得有板有眼，惟妙惟肖。他的读史日志从纵向来看，跨越了近3000年的历史，自春秋战国以来蒲骚大地绵延的历史到新中国的辉煌今朝；从横向来看，圣贤与贫民、重大事件与民间习俗都被朱公整理成篇，纵横清晰，泾渭分明。他把自己的读史所获淬炼成了一部关于蒲骚的"纵横交错"的历史鸿篇。从这一点来看，朱木森老爷子等于是用他的"超广角镜头"为我们拍下了一张可以鸟瞰古今蒲骚的巨幅照片。

三是朱公的《读史札记》并非一般的手记,他将深邃的思想都凝聚成深情的笔墨。他说:"秉春秋笔法精神,不难明白,应城人的武王情节、蒲骚怀想不在他念,全在莫敖屈瑕剑吼西风的蒲骚之役。"他问:"英雄勒马,似曾徘徊?"这样的历史之问无不让人反思,无不让人叹息。他是在告诫读者"以史为鉴",不要居功自傲,否则会"一脚踏空,重重地摔落下来"。他的屈原情结全在"众人皆醉我独醒"。他赞颂屈原"宁愿跳进江水,葬身鱼腹,也不让自己高洁的心灵蒙受世俗的污浊"。他认为这 3000 年来,宋玉之田不仅仅成为孕育美文、收获才情的一片沃土,还是应城一方百姓生生不息的摇篮,他祈祷苍天"保佑我们的宋玉田旱涝保收,五谷丰登,吉庆有余"。

如果把读史作为晚年的宵寝之需,那是对阅读资源的浪费,也是一种不作为的阅读方式。主政应城市地方工作多年的朱公,退休之后本应享受平静的生活,可他却担起了作协主席的重任,在引领应城文学爱好者续写蒲骚文明,讴歌祖国昌盛的同时,他还宵寝晨兴,20 年如一日地读国史和应城史,并从中汲取智慧的营养,再把它抛洒到民间,让人们去采集历史天空中那些闪烁的星光,其理性的哲思在书中比比皆是,确确实实为我们打开了一扇启迪思想的天窗,也为未来的史学爱好者留下了一份厚重的大礼!

四是朱公在《读史札记》中对历史人物和事件的拿捏很有分寸。评说历史人物、历史事件是要客观公正的,但对同一个人、同一件事如何评价?用什么样的价值观念去权衡?站在什么样的角度去评价才是客观公正?这些问题都是很难把握的。而朱公在文章中处理得都比较好。即便是面对那些备受争议,学术界目前尚难佐证的久远的重大问题他也没有人云亦云,而是就事论事。

朱公在我的心中是那种勤于学,善于思,勇于谋,敢于言的长者,但他在评价他人时是持客观谨慎态度的,对古人是,对今人更是。《难堪合时也合宜》的主人公杨恩保,是一个从旧社会走过来的码头工人,新中国成立后他从一个进步青年成长为党的干部,先后两次担任城关镇党委书记,在总工会任过副主席,在组织部任过副部长等。朱公实事求是地对杨恩保做了中肯的描述,将"结论"交给读者回答,把"历史"留给后人评说,不偏不倚,其严谨的文风与其做人做事一样不留"次品"。

我收到《读史札记》之后,朱公在电话中向我推荐了他的《后记》,我是在反复读了这篇不足 600 字的短文后,再慢慢地读完这本札记稿的。有趣的是他在《后记》中自谦"井底之蛙的环游,也算玩了一把文学","对于写作,哪怕玩玩,我愿拣熟悉的写,在读书中写,写应城这地方的林林总总,前世今生。装模作样,无病呻吟,自己把自己胳肢得傻笑的玩法,有些别扭,不好玩"。于是我也遂他所愿"把玩"了一下他的《后记》,并以短信回复他:朱主席您好!遵嘱而不敢懈怠,速归而捧读再三,着实令人学之而兴,读之而思,品之而寒,但却寒而转暖。您谦称自己用心、用知、用智而淬炼出来的金刚神符为"草根地瓜",送给今天的人"扔",明天的人"捡",后天的人"新"。我却认为今天扔掉的人是"大傻",明天去捡的人是"大智",后天的人新才是"大识"!您"一辈子枯守应城",没有"惬意"的苦我为您不平但不能"鸣"、不敢"鸣",只是我言卑位轻,孤陋而无识。您说您"胸无沟壑""情商低劣""心智不全",但我却觉得您胸有百万兵,脚下万道光;我却觉得您时而大智若愚,时而敢举义旗而不低下高昂的头颅,文人的傲气凌神、平民的傲骨柔情集于一身!"写作的人都是石匠"这句话您阐释得精辟明白,令我无限遐思。林子大了什么鸟都会有,浑浊的污水需要提纯与沉淀,各色的人群需要智品与鉴别,我欣赏您的文字,更敬佩您的人品!祝福您节日快乐!全家幸福!

在此做转帖复述,也算是我读完《读史札记》的一个交代吧!

定位人生

昨夜闲下来便进书房看了看,《在北大听到的 24 堂修心课》进入我的视线,翻开扉页,看到"毅石购于 2012.10.02 王府井书城",我便得知此书的来龙去脉,然后随便看了看目录就带到床头睡觉了。今晨,我选读了第 8 堂课《定位——有什么样的定位,就有什么样的人生》,于是有了读后感。

作者首先提到一个观点:野心是人生的第一桶金。其内容主张人要志存高远,没有志向就没有目标。其次提到了梦在心中,路在脚下的观点。作者主张有了目标而不去冲刺,目标不达,梦幻泡影。最后一个观点是:找准自己的目标,也就是对自己的定位要恰如其分。

首先,我觉得一个人没有目标是肯定不行的,要敢于想、善于想,所谓思想就是要不断地去思考和想象,年轻时我想到了经商、做肥皂、种食用菌、驾船、养猪、照相、卖菜等,整天就是想着将来做一个"成功的商人"。那时我才十八九岁,经济已经独立,成天奔波于社会,但是一直没有抛下书本,有空就喜欢看身边所有能看到的文字,比如《食用菌的栽培技术》《照像一百问》《小鸡白痢病防治》等等。在那段时间我学会了注射打针、学会了摄影(那时农村里有相机懂摄影的人可以说是很稀有),但 22 岁时,我被一个临时的体面工作从宜昌三三〇市场上招回来了。因为父母觉得镇干部"钦点"我去坐办公室是天上掉来了馅饼,让我舅父去宜昌游说我回来当差,从此我便"弃商从政"了。我在那时接触了法律,立志当一名律师,于是开始自学中华全国律师函授课程。后来命运又一次改变,我进入公安队伍当辅警,5 年后被调到市公安局做文字秘书,但身份仍然是辅警,每月才 120 元,还要养家,接着又学完了刑事侦查专业的大专函授课,再转学秘书专业。我那时底子差,不学不行,但我立志 10 年后出书。直到 2017 年,我终于叩开了省作家协会的大门,并成了省报告文学学会的理事。想想我的来路虽不是波澜壮阔,却也是十分艰难曲折。我完全是怀揣着梦想,憧憬着美好才拥有如今生活的。

其次,我觉得有了目标就要孜孜以求、循序渐进,成天好高骛远,不脚踏实地,三天打鱼两天晒网终将一事无成。我曾经在家庭会议上对兄弟姊妹及晚辈们讲过,有了总目标后还要有分目标:今天做什么?明天做什么?今年达到什么目标?明年又达到什么目标?并且要付诸行动,而不能只是纸上谈兵。曾记否,我耽误了多少时间,耽误了多少机遇,时间、机遇耽误了还能复返吗? 转眼已到 60 岁了,人生暮年真会大器晚成吗?扪心自问,积累了小流吗?积累了跬步吗?那勤能补拙,勤劳勤奋了吗? 我能怨天怨地怨父母吗? 我想只有反思才能明白其道,天行健,君子当自强不息,一介平民不自强奋进又如何有出息呢?

最后,我觉得目标是要切合实际的,是要能够达到和实现得了的,把目标定得不切实际会伤心丧志。并且,目标是可以调整的,在十字路口要懂得舍弃,要学会转弯,此一时,彼一时,眼望前方,路走当下。"当前的事要立即做,将来的事要现在做。"12 年前我说的这句话没有"过期作废"，而是验证了它的正确性，我想今天再把这句话送给读者，也送给我，送给他，同时也送给未来的我们，交给实践去检验，交给时间去回答吧！

读《杨绛传》之记

近日正好无事,抽空读完了赵瑾瑜(原名赵凯)所著的《杨绛传》。我是用速阅的方式来领略作者和传者的那些文字的,写作者是一个 90 后的网络作家,山东邹平人,2014 年毕业于青岛大学,10 年间著作颇丰。这样一个青年才俊来写杨绛先生这样的泰斗级人物,在把握人物和时代的命运时,很能拿捏分寸。我不敢苟同这样的写作方式,因为我阅完之后感觉有些乏味,但作者显然是花了工夫写成的,因为那些历史事件,还有那么几个关键的人物都贯穿其中,如果没有大量的阅读,我想无论如何是难以下笔的。大篇幅的摘录也说明了这一点。我相信再过 10 年、20 年作者的写作方式定会更加成熟,我是期待的。

再说传者吧。杨绛与钱锺书皆是江南的大户之后,两家本在无锡有联系,但两人的爱情源于北京的校园邂逅,虽然是一见钟情,但美女先主动,从此便死去活来。"我原是父母生命中的女儿,只因为我出嫁了,便成了钱锺书生命中的杨绛。"而一生都在做学问的老夫子钱锺书对杨绛的评价是"最贤的妻,最才的女"。两人的爱情真的是旷世姻缘。然我更注重的是她百岁不惰的勤勉精神,还有她留下的人生感悟:"世态人情,可作书读,可作戏看。""走好选择的路,别选择好走的路。""岁月静好是片刻,一地鸡毛是日常。"

我想说,读书是求知,读人是求智。不同的书,不同的人,我们都应该好好地读,细细地品!

第四辑

思想留痕

勤勉人生与玩物丧志

近来，好友 Y 先生让我"不要把自己搞得太累"。我也觉得人到花甲之年似乎也该放慢脚步，平和心态，规划好晚年的时光，散散心，逛逛景，打打牌，锻炼身体。于是自 8 月中旬以来我少有看书，绝笔无文，同时多了应酬，接了私活儿，作不敬心，事无一成，唯以侍奉老母亲的餐食，调理自己的健康为上。小 Y 与老 Y 的事也疏于过问，休于思考，终日无事无求，大有"两耳不闻窗外事"的清心淡定，却无"一心只读圣贤书"的雄心。这样的生活看起来惬意如神仙，欢乐似孩童。然而，我却甚是苦忧，并未感到从容的幸、欣慰的乐，连连生出莫名其妙的负担。3 个月的放松换来了一身的包袱，体会到的是沉甸甸的负荷。一觉醒来，本该神清气爽，反觉很不自在，多有不安。总觉思想出了毛病，应该重新修复而"自救"。

勤勉的人生不是为了追求纸醉金迷的生活，而是为了得到"荣身"的快乐。1848 年 6 月，马克思在回答燕妮"世界上什么是最光荣的"问题时，给出了"劳动是最光荣的"坚定回答，并接着说"任何一个民族停止了劳动，几个星期就会死亡，更不用说一年"。那么一个人停止了劳动呢？马克思没有在他的传世巨著《资本论》中下定义，我们也不能断定其结果如何。但成语却有"玩物丧志"之说。当勤勉与堕怠的两种想法在脑中相互碰撞，我似乎又被激活了一些灵感，"青山不老人易老"。老母还在勤勉耕耘，难道我从此不再勤了吗？

老哥哥，你的路还长着咧，不用谁扬鞭，你就自奋蹄吧！

公益公心源于善心和善爱

昨日在宗亲办公室看到墙上的两幅字，一为"爱"字，一为"和"字。因其装裱精致，我随便问了问："方×是谁?"宗亲回答："是广州那边的书法家。"于是我们从"爱"讲到"和"，又讲到善与德的修养问题。

去年我在采写《人心向善》过程中有幸与武汉市众和建筑工程有限公司的程总相识。记得那天，程总谈了自己五世祖万福公舍财济贫、修桥补路的故事之后，也谈到了仁爱、慈善的修行问题。无独有偶，我在海山业委会工作时与房地产开发商严董结交，得知其领养的两个孤儿在他的悉心照顾下学有所成，而且他在朋友圈经常发学习《菜根谭》的感悟和摘录星云大师的语句。于是，我发现近些年越来越多的人在研习儒、法、道、佛的思想，似乎在物质条件发生变化之后，生活富裕起来的人们在逐步寻求精神的寄托。

前年，我有一远亲要从某旱涝保收的高薪岗位辞职，他找这份工作时我帮了很大的忙。其父在无法阻止的情况下，便搬出我来做他的工作。当我了解情况后，发现20多年来虽然他在那个圈子里拿着高薪，过着朝九晚五的生活，却并不幸福。职场氛围差，钩心斗角，尽管他得到了富裕的物质生活，却因精神贫瘠而痛苦。于是，我反过来劝其父要"松绑"，因为我认为在物质生活越来越好的当下，幸福的内涵应当重新定义。

现在有很多人从事着志愿服务活动，我的好友 PP 近日告诉我，某志愿者协会让他去当秘书长，问我是否能去。我告诉他只要他开心就可赴约受聘，在不同的平台、不同的岗位、不同的时期，只要常怀善心仁义就必然有行之果、德之实，关键在于心灵的寄托、心意的向往、心中的目标和价值观的格局。

口若悬河、口是心非，还有口蜜腹剑、口不应心者，终不是仁心善爱之人。

不让生活"留白"

文若先后两次邀我为《蒲阳花》杂志写一篇《探索与思考》的创作谈，我怕贻笑大方而不敢应诺。今日晨起前，我躺在床上几度思量，觉得还是欣然应约为好。

《探索与思考》本不在我的创作计划之列，我本打算在退休后写几部长篇报告文学。可是生活为我增添了一个意外的安排，让我踏足了城市小区治理的新领域，为了不让生活"留白"，于是有了《探索与思考》这部文集的面世。

2020年3月12日，我所居住的应城市海山应置城小区发生了一起惊动全省、轰动全国的群体性事件。我当时正在义和镇新六村参加扶贫工作。当晚，我从手机上获知了人声鼎沸的现场状况，也接到了北京、广州、深圳、武汉等地的应城籍人士打来的咨询电话。一时间"海山闹事"的传言甚嚣尘上，海山的业主群情激愤。在省委省政府、孝感市委市政府主要领导的亲自过问和安排下，应城市委市政府迅速组织专班平息了风波，并依法给予所涉当事人相应处理。

亡羊补牢，痛定思痛。"3·12"事件之后，应城市委市政府责成应城市经济技术开发区党工委对海山小区的治理工作立即进行整改。经过物色、推荐、选举等诸环节之后，我于2020年5月16日当选为海山应置城业委会主任，7月又被上报组工部门批准为海山应置城小区党支部书记。

履职之后，海山业委会当时有委员12人，每人每月只有260元的津贴，不仅不能足额按时发放，不久又翻出来2万元的欠账。业委会的办公经费没有来源渠道，公共收益几乎为零。业委会委员应交的物业管理费、停车费全免，业主反映的问题因积压而引发的矛盾十分突出。对此，我如履薄冰，深深后悔接手这个烫手的山芋。因为我是一个有着体面工作，而且即将退休养老的国家公务员，没有必要在晚年去尝试一个从来没有涉猎过的新鲜工作。但是出于各种考虑，我还是没有撂下这副挑子，义无反顾地扛起了主任的职责。在长达22个月的履职生涯中，我几乎天天都要去业委会了解学习相关政策法律，调解业主纠纷，处理其反馈的意见，并亲自督促所有业委会委员交清当年的物业管理费，对委员提出了"三多三不"铁律和"四要"规则。"三多三不"就是要求业委会的全体成员要坚决做到：多做公益，不谋私利；多作奉献，不拆台子；多留口碑，不留骂名。"四要"就是业委会委员对业主的所有诉求做到：接待要热情，回复要及时，督办要有方，处理要稳妥。特别难能可贵的是，22个月来我们逐步厘清了过去与物业公司说不清、道不明的经济利害关系，经过努力探索与实践，确立了"公共收益按比分""物业收费按比提"的经费筹集办法，既弥补了经费空白，又解决了工作中的难题，形成了"既打组合拳，又吃分灶饭"的成功经验。我们可以毫不夸张地说"按比分"和"按比提"的成功探索，既是海山业委会对小区的贡献，也是海山业委会对我国绝大多数现行业委会工作提供的工作指南。

收录进《探索与思考》的76篇文章共计10余万字，除附录的

4 篇文章外，其他 72 篇均由我个人执笔完成。这些文章既有对一些大事的工作记录，也有对一些法律政策的思考，还有的是结合业委会一些具体工作，对我个人及其他业委会委员修身、修性、修养的随想。所以我经过反复推敲，最终才把这本集子定名为《探索与思考》。把这些文字积累成册，主要是将自己 22 个月的工作向海山全体业主做一个交代，也是对自己晚年接触一个新工作的归纳与总结。

这本书的原名是《海山风采》。不巧的是我于 2022 年 3 月 18 日向彭吕社区党支部、海山业委会分别提出了辞去海山小区党支部书记、海山业委会主任一职，因此《海山风采》的编印出版工作从此中止，无人问津。

在我辞职之前，《海山风采》的编排工作也进入了校改的后期工序，于是我于 2022 年 7 月、9 月和 10 月先后 3 次向海山业委会现任主任肖社红同志做了当面问询。由于有经费紧张及其他方方面面的原因，直至 12 月底我仍然没有等到明确的答复。最终我决定牺牲自己的个人时间来完成这项当初应由业委会完成的工作，并将书名改为《我在海山业委会工作的实践与思考》。

这些文章不仅记录了我个人的一段工作经历，留下了我个人的一些想法，也是海山业委会全体同志的智慧结晶。把这些原始的、真实的、客观存在的或狭隘、或理性的工作实践与思考收录归集，应该是于己于公，于海山小区全体业主，于海山小区物业管理，于基层小区治理大有裨益。

立志要高远　行走要碎步

很小时就听到了你的志向，甚是欢喜；几十年了，你说了什么，做了什么，我都看在眼里，记在心里。思来想去总觉得差了点什么，在这个过程中，我既是局中人，又是旁观者，欢欣愉悦，反思内疚，常常是五味杂陈。此刻，酸、甜、苦、辣、咸再一次涌上了心头。

这辈子我为单位写了很多次"工作计划"，而我也为自己的人生计划列出了很多的清单，可是付诸行动是很艰难的。因为计划好列，做事很难。工作几十年来，不觉间鬓角染霜，雪盖头顶，终究是一事无成。

随着年岁渐长，压力也与日俱增，回望履迹，怅然若失，我的付出没有得到回报，只有等待的煎熬。

其实，冷静思考，等待未必只有苦而没有甜，我相信"好事多磨"，我祈盼"好事在后头"。当然，任何"好事"必须"多谋"，成事在天，谋事在人嘛。所以我们要惜时如金，敢于去谋，善于去做。

目标确定之后，要积跬步而至千里，要积小胜而成大胜，直至全胜。不谋全局者，不足谋一域；不谋一世者，不足谋一时。饭要一口一口吃，事要一件一件做，多有计划，不去追求不可能实现目标，"革命不是请客吃饭"，不能只说不做放空炮。

回望走过的路，踏实现在的路，选好未来的路，条条大路都要用心去琢磨。

不能没有志向,更不能有了志向而不去一步一步实现它。

找回丢失的自己,争取双赢的结果,才能成为真正的赢家!

穿过黑暗的困惑之门

我正在阅读康海燕的《智慧面对青春期》，本文的标题就是她在开篇语中的一句话。今天要写点这方面的文字，是我有了反思，也是由于WW的小家，还有YM和W君、Y君都面临着一些尴尬的家庭问题，因此，我有必要通过文字来为己、为人做点力所能及的释疑解惑工作。

其实我的原生家庭环境是非常恶劣的，不仅有物质上的压力，更有精神上的重负，完全不能与今天的幸福相比，如果真要比较，那就是"天壤之别"。所幸的是父母给了我正确的人生观和价值观。大体上可以概括为"善良、勤劳、正直、仁孝"。这四个要素，给我注入了最好的成长营养。

家庭是避风的港湾，家庭是心灵的归宿。

残破的家庭会摧残孩子的心灵，会让为人父母的自己感到不幸，会亵渎社会给予我们的责任。车在路上跑没有不刹车的，船在水中行没有不抛锚的，人在江湖走没有不湿鞋的。任何人做任何事，都难免会遇到挫折，百事百顺只是人的主观奢望，千家万户都会有"清官难断的家务事"。不能动不动就毁约，不能随随便便就砸墙，更不能铤而走险去撕票。否则，毁掉的不仅仅是自己，断送的还有孩子的幸福。

有良知的父母是不能把精神的枷锁加诸于子女的。

再说维护身体的重要性

又闻某君患癌症了,惋惜、惊愕之余,有了进一步的反思。对生命、生活与生存,应当时刻保持清醒的认识、清晰的思维、清楚的把握。生命的质量来自内在的修养与精神;生活的质量取决于物质条件的好坏与自身的认知;生存的质量则是客观条件与自我的抗争及博弈。在此,我将去年写下的《反思身体》复述于下,致自己,致家人,也致朋友和各位看客先生。

父母把我带到这个世界时,我没有任何的先天性疾病,可是几十年之后我却把自己弄得遍体鳞伤,而且很多的时候是明知自己在作贱身体,透支生命。为什么还是要做? 因为无知,因为压力,因为生活中很多很多的无奈。

前天与沈兄交流,他说今年自己身边已有 8 人离世,这个数字已创历史纪录,且今年才过了 8 个多月,几乎是月均 1 人。有来必有去,有生就有死。面对现实很多人想得开,也看得穿,关键是痛不欲生、生不如死的折磨着实让人揪心。想安乐死去的人大多是病入膏肓而又无力求死之人,我是目睹过这种人的,其状真是可怜又可叹。

一副好的身体不仅仅是自己的本钱,而且是对家庭的一份责任,是对社会的一份贡献。"我的身体我做主。"年轻懵懂无知做不了主，少壮得意忘形乱做主，进入老年时期如果还不认真做主，放任自流，那就是糊涂混账。修复身体要从作息、维护、保养、锻炼、饮食诸多方面考虑，想得到但难做到。20多年前一位老同志语重心长地对我说："人的一生很长，但在人类历史上只有一瞬，前20年千方百计用身体换地位和金钱，后20年又千方百计用金钱来保护身体。"的确，一个透支到极点的身体是无法用金钱买回健康来的。

不要认为你年轻就可以不顾身体，不重视身体无异于慢性自杀，不珍惜生命就是害己又害人。浪费身体才是最大的浪费，没有身体一切为零。

却道天凉好个秋

当我在公园里拍下这张照片时，就考虑把它当作给你、给他，也是给我的一个提醒。秋天的晨凉，叫凉快，也叫凉爽，而我身处其中却怎么也快乐不起来，也爽不起来。因为我觉得我们这个家庭没有把"早睡早起"的家风传承下来。打从记事以来我就不曾见过家父家母睡懒觉，而且他们一年四季当中大约有 300 天是天未亮就起床劳动了，受此影响，我人生近 60 个春秋中，应该是有 50 多个春秋不睡懒觉的。《朱子家训》的开篇就嘱咐后人"黎明即起，洒扫庭除，要内外整洁。即昏便息，关锁门户，必亲自检点"。我们这个家族是一个典型的儒教之家，我非常看不惯睡懒觉的大人和孩子。俗语说"早起三光，晚起三慌"。早起是一个人勤奋的标志，也是一个家庭应该倡导的家风，我偶尔在朋友圈发一点自己散步或自己做的早餐的照片，并非为了炫耀，而是在告诉大家应该早起，应该多在家里动手做早餐。可是这样的引导并未起到良好的效果，所以今天在公园的长条凳上特留下这段文字，请你坚持早起，并教育自己的子女要早起。

感悟"秋愁"

在这个凉爽的初秋之夜，我突然想起了辛弃疾的《丑奴儿·书博山道中壁》："少年不知愁滋味，爱上层楼。爱上层楼，为赋新词强说愁。而今识尽愁滋味，欲说还休。欲说还休，却道天凉好个秋。"为什么词人会把心中的"愁"与四季的"秋"联系起来呢？难道春天就只有喜，夏天没有忧，而冬天也少怨吗？我想应该不会。那他为什么偏偏在秋天会有这么多的愁，而且还留下了这千古难消的"愁"呢？我想应该是这个季节承载了词人的情感吧。

春天是播种的季节，夏天是万物苗壮成长的时期，秋季应该是收获的黄金之时，而冬天则是孕育积蓄的过程。秋天没有粮满仓，农人内心就恐慌。

其实我们的人生与自然是一样的，"少壮不努力，老大徒伤悲"。人生奋斗的黄金期就在中青年，如果把目标定位在"大器晚成"，终究会是一事无成，自古英雄出少年，一万年太久，应该多争朝夕才是。"人误地一天，地误人一年。"你在播种的季节不去播种，你在应该努力的时候不去奋斗，怎么会有收获？何谈"大器晚成"呢？

没有人生目标不行，有了目标不去奋斗，不去努力也不行。"空谈误国，实干兴邦"，我们应当始终抱有"勤勉人生"的理念，于己于家都应常记于心,常施于行,常育于子。

父母双亲养育了我们,老父临死前 3 天还在地里浇水,老母耄耋之年还自食其力,而我们和我们的孩子做了什么? 在做什么? 应做什么?该怎么去做?都要扪心自问,都要履其行、负其责、担其任。孩子不应该是"香火"的传承者,也不应该只是父母生命的延续,孩子不仅有家风传承的义务,还应该有贡献社会的责任。

良好家风的形成要靠个体的责任和素质,总把自己和自己的孩子局限在一个狭窄的利益环境中是百害无一利的。当思之,也当实之!

先苦后甜,先愁后逸,先忧后安,先舍后得。

心达而险

我们因事在武汉市江夏区相遇，在一番交流之后得知，原来他也来自孝感市，与我的老家毗邻。看着这灰头土脸的农民工，我心里着实有点同情，一天半工夫他和其他工人做完了承包的工程，我付了工钱，一结两清。次日当我要离开时，又在小区的大门处碰到了他，他主动要了我的手机号，并说出了心中尘封8年的一件事："我因一起交通事故而上了黑名单，先被关了15天，出来后到当事人家里去闹，又被关了15天。"我问了一些细节，发现他当初如果借助法律手段，应该可以避免或者减轻一些民事责任，但是他一个农村的半文盲，不懂法，因此不仅吃了官司，蹲了号子，还要赔偿一笔自己难以负担的"银子"。无独有偶，前些时日，一位"心达"之人则利用自己"聪明"的头脑黑了别人的钱，让对方有苦难言，有怨难鸣。在法庭上是要讲证据的，现在注重庭审，庭外调查寥寥无几。双方当事人都是我的熟人，我多少知道一些内幕。

"心达而险"说的是那些有着聪明头脑，而又心术不正、心怀鬼胎做坏事的人。这种人是很可怕的，必须远离。德不配位，必有凶险，他们是君主就会殃及国家，是常人必然祸害家庭。我认为心善之人，其才能越大越能造福社会，为人、为己、为家是福；反之，则才能越大，破坏性越大，是祸。

谨记于晨步之途。

人生能有尽如人意之事吗

得意、失意总是相对而言,顺境、逆境皆会相互转换。矛盾的对立统一是自然规律,物质的守恒也是亘古不变的。哲学的理是理论,人生的理是经验,不经苦寒,哪有梅香。未经磨砺,何能锋出?门前的花开花落,天上的云卷云舒既是自然规律,也启发人们的哲学思考。只有宠辱不惊的人才有去留无意的恬淡,谨慎应在得意之时,从容要留逆境之处。

我的朋友,别怕;我的兄弟,尽欢。

"人生得意须尽欢,莫使金樽空对月",这是豪放,但要适度而不能失度。

"会当凌绝顶,一览众山小,"这是气魄和胆识,纵览群雄逐鹿,要"不畏浮云遮望眼"。

横看是岭,侧看是峰。辨识靠能力,胆识看格局,黄山在眼前,既是风景,也是暗藏玄机的。一切的一切,慢慢来,不要急,"沉舟侧畔千帆过,病树前头万木春","山重水复疑无路,柳暗花明又一村"。

人生,旅途虽彷徨;诗意,哲理无穷尽。

坚持训练

坚持训练,坚持学习,既是好习惯,更是好方法。做任何事情,只要你长期坚持,只要你强化训练,只要你不断学习,就一定能够获得成功,就一定能够得到进步。

一个人首先要有想法,要有思想,脑袋里要经常思考问题。办法是想出来的,多思考,就能懂道理,明事理,出真理。但是如果一个人只有想法,不去付诸实践,终不能成事。王阳明的思想主张就是"知行合一"。有了思想,有了行动,还要有恒心和毅力,思想不一定是正确的,正确的思想必须在实践中经过检验;而有了行动也不一定就能够获得成功,因为成功之路是曲折的,实践的过程不是坦途,会出现崎岖的山路,也会有泥淖和风雨,会有很多的"拦路虎",事物的发展是螺旋式上升和波浪式前进的。因此,在成功这条路上必须有百折不挠、坚韧不拔的勇气和毅力,特别是遇到困难和阻力时必须毫不犹豫、毫不气馁地去克服。做学问是这样,做工作也应该是这样。

同志们,朋友们,家人们,让我们携起手来坚持,坚持,再坚持吧!

善待他人不仅是情操，更是情商

生活中每一个人都有自己的行为准则和待人法则。但有的人投机取巧；有的人坑蒙拐骗；还有的人假话、空话、大话一大堆，就是不来点实际的；更有的人或欺凌霸道，或阳奉阴违，或心狠手辣，如此种种，其实都是不善之举。

我认为善待是一种修行，善待是一种福报，善待他人就是善待自己。善待他人不是无原则的迁就和忍让，如果善待了坏人，放纵了恶人，那就是对好人的亵渎。对恶行的麻木不仁，其实就是对善良的冷酷无情。

因此，善待是出发点，也是终点。"勇夫安识义，智者必怀仁。"善待自己，善待家人，善待同学、同事，善待生活中的每一个人，善待社会中的一切美好，所以我说："善待他人既是情操，更是情商。"一个人的成就百分之二十取决于智商，百分之八十来自情商，这是有道理的。

品言悟道

生活中会遇到很多的人，也会听到很多的话，但不是所有的人都能让你满意或钦佩，也不是所有人的话都是正确或有益于人的。但确实有很多的人说的话就是利己利人的"金句"。比如昨天晚上《典籍里的中国》中老子的话："上善若水，水善利万物而不争。"商容是老子的启蒙老师，教导了他"滴水可以穿石，水能汇聚而载重舟""灯，可以照亮典籍，而典籍如灯可以照亮世人""集先贤智慧于大成，传根本智慧于后世"等道理。一部《道德经》传世3000年，让人品言悟道，受益无穷。

人生的道，是要靠自己去修炼；人生的道，还有很多的道理需要去弄明白，学通透；人生的道，布满了荆棘与沟壑，等待着你去穿越。修炼道德，悟透道理，跨越道路都有一个漫长的过程，滴水穿石，绳锯木断非一日之功，以柔克刚，刚柔相济。学会品言悟道，更要常常品人交友。

"丈夫当朝碧海而暮苍梧"随想

因为时间关系,《典籍里的中国》我不是每期都看,昨晚中央一台 8 点档的这一期节目我看了,其中徐霞客所言"丈夫当朝碧海而暮苍梧"让我很受启发,并由此联想到一个人,以及一个家的教育问题。

徐家祖籍在江苏江阴,是一个书香门第,也是江阴有名的布商铺坊之家。"徐家布薄又软,夏天透凉冬天暖。""徐家布赛丝绸,江阴城里人人求。"从这些"广告词"里面多少可以窥见当年徐家布坊买卖的红火,也可猜测到这个家里有殷实之财。然而,当时正逢明末政治动荡不安,又遭遇了土匪,其父还被土匪打伤,不治而亡,时年徐霞客才 19 岁。尽管家道中落,但是他的母亲王氏却坚定地支持了儿子的"万里遐征",成就了儿子名垂青史,也成就了她自己的伟大母爱与贤淑品性,让历史与后世记住了徐霞客,也记住了这个王老孺人。

父爱如高山,母爱如江河。父亲成就了幼年霞客"朝碧海而暮苍梧"的志向与胸怀,母亲则铺垫了他的"万里遐征",甚至在 70 岁高龄还陪他一起远游,在那个时代,在那个特定的环境下实属不易。她个人的素养也是很不一般的,她是当时江阴城里一大户人家的名门闺秀,她"俭勤有卓识""性整而洁"。在战乱时期,娘家夫家都遭逢变故,这个老夫人毅然肩负了两个家庭的责任,着实让人钦佩,也让人联想到了女人受教育的必要性。

"丈夫当朝碧海而暮苍梧",初听让人联想到朝三暮四、游山玩水,其实不然,这是一种胸怀,一种志向。作为大丈夫,就是要有男人的伟岸与血性,没有气魄,缺乏胆识,做事软绵绵,成天一副阴沉沉的模样,能成大事者应为鲜。男人要有阳刚之气,不能阴阳怪气;男人需要阳刚果敢,但不能飞扬跋扈,不能鸡肠小肚,也不能刚愎自用。凡事都要经过大脑仔细思考,认真揣摩,什么时候该办什么事、什么事应该怎么办都是要从心中"打过的",有些大事、难事还要"反复打过"才能去付诸实施。

其实,"朝碧海而暮苍梧"是我的向往,只可惜年少家窘不能实现,现在条件好了些许,但又有诸事牵扯,"上有老下有小"的现状常常束缚着我。"世界那么大,我想去看看。"不知什么时候我才能无忧无虑地去放飞游历,什么时候我能放下内心的杂念去完成我想追求的目标。

对镜而视雪盖头,不知不觉鬓染霜。朝碧海,暮苍梧,多好的人生境界啊,只是300多年前的徐霞客不能借助今时的交通便利,虽然完成了万里遐征的艰难目标,但不能真正实现朝发夕至的愿望。而我是真正能够日行万里路的现代人,可惜我被思想的"囚笼"紧紧地锁在了这块方寸之地,而不能赴世界之约。

我的惆怅茫然既无人知,也无人解,这是多么不幸的事!

人活着唯一能够解决问题的是让自己强大
——观芳姐直播有感

近来常常利用上床睡觉前和起床洗漱前的片刻时间点开直播,里面有好多主播的内容很值得一观。芳姐的直播很有特点,第一次听我以为是在朗诵,第二次我再仔细听觉得并非朗诵而是在讲述;讲述的声音也很有特点,大多时候是不发声而仅仅是"气流音"。昨晚,我一边听着复旦大学某教授的讲课直播,一边点开了芳姐的个人主页进行浏览。

原来她是一位两性情感讲师。"出生农村,做过怨妇,开过公司,命运多舛,经历过人心丑陋(险恶),依然相信世间美好,坚信女人的差距不是美丽而是智慧。"接着往下看她的主页内容,她发的内容不多但是都很富哲理,而且有着十分明显的生活气息。我相信她应该是一个高知,受过生活磨难而又坚强地从百般困苦中站立起来的女人。她说"人活着,解决问题的唯一方法就是自己要强大起来"。倪萍的姥姥说:"自己不倒,啥都能过去,自己倒了,谁也扶不起你。""晚了,谁能拉住太阳不下山?躺下吧,孩子,再黑的天到头总会天亮。"芳姐也好,倪萍的姥姥也罢,她们的经历都是我们没有见过,也没有体验过的。当我们看到别人光鲜的一面时,应该懂得其来由,更要窥见其经受的苦难,大凡有所成就的人必经崎岖和坎坷，一帆风顺而到达光辉的顶点，只是人们对美好追求的奢望。

　　人活着，真正能够解决问题的是使自己不断强大。我以为本领的强大靠学习，但仅有本领的强大还不够，必须同时具备心理的强大。学习前人的知识与技能可以提高自己、壮大自己，但内在的修炼才能造就心理的强大和思想的强大。"木秀于林，风必摧之；堆出于岸，流必湍之；行高于人，众必非之"，人生的路就是在这种有能受斥、无能受贬的复杂环境中循环往复。

　　生活不可逃避，但是可以栖息，当你累了、伤了的时候可以到能遮风挡雨的港湾去抛锚停留。当前路一片漆黑，迷茫难辨时，就得等到天亮再行，此时如果你要硬闯乱冲那是在莽撞地赴死，是对自己和他人极度不负责任的一种表现。

　　为生活奋斗是为了享受生活，但在这个过程中应当不断去回味生活、咀嚼生活、反思生活，只有这样，一个活着的人，才能真正强大起来。

语言是多么的神奇

语言是人们交流的工具，也是社会行为中的一门艺术，从小我就受老师的熏陶，朗读（诵）要抑扬顿挫，字正腔圆。近几年来我发现语言不仅仅是工具、艺术，还是我们的"财富"。

10年前，我网购了一本原公安部新闻发言人武和平所著的《打开天窗说亮话》，书中有一句话我记得非常深刻，他说："说话是水平，话语是力量。"有的人一出场就能语惊四座，有的人一说话就能口服众人，还有的人巧舌如簧、能言善辩、舌战群儒，一出口就让人想到语言的魔力。"人不犯我，我不犯人，人若犯我，我必犯人"的豪气冲天；"中国人不惹事也不怕事。谈，大门打开；打，奉陪到底"，霸气十足。这些语言无不彰显着中国人的底气，每每听来无不精神振奋，十分"过瘾"。

5年前我在佛山听课，李梓萌女士做了一场题为《学会听人话，更要学会说人话》的精彩演讲，课上的内容我基本淡忘，但这个标题我是牢记于心的，因为我从这句话里悟出了做人的道理。现实生活中有的人"云人亦人，云鬼亦鬼"，有的人"语录不离手，万岁不离口，当面说好话，背后下毒手"，又有一些人"不曾被拿枪的敌人所打倒，却在敌人的糖衣炮弹面前吃了败仗"。不是所有人都跟你讲真话，玩真的，因为在名为"现实"的游戏中有人不按常理出牌，不守游戏规则。一个人做人做事要循规蹈矩,这是底线和原则,应该恪守一生!但你要留心提防别人的黑手怪招,要有火眼金睛的本领。学会听人话,是不是意味着常常有鬼话呢?学会说人话,是不是意味着做人要堂堂正正呢?

语言是内心的表现形式之一,既表达心声,又表达情感,更重要的是表达了一个人的本来面目。你用华丽的语言修饰了内心的肮脏与龌龊,你用华而不实的话语去遮掩身后的虚假与伪装,别人可能一时蒙在鼓里,但时间长了,狐狸的尾巴是藏不住的。

生活是多么美好

30 年前祥哥的首部文集《生活多么美好》出版,我当时还在派出所任辅警,收到他的赠书时,也应了他的一个请求,帮忙"处理"一下图书。后来祥哥的生活逐步变得美好起来,他从汉川农村出来,本是一个理科男,但跨界进入了新闻媒体部门,完成了从乡村到县城,再入孝感,继而跨入省会武汉的"三连跳"。

自那以后我们无缘再见,只知道他当时调任《湖北日报》黄石市记者站站长。近 30 年来,我不曾忘却,恩师是我与祥哥相识的牵线人,我后来又通过祥哥结识了一批很有成就的孝感籍媒体人士,我的生活和人生也发生了质的变化,从满是泥淖的艰苦环境中逐步挣扎出来,我的经历印证了"生活是多么的美好"!

在这个失眠的夜晚,也在这个黎明前的黑暗之时,当我再次想到祥哥,想到恩师,想到这本书的书名时,便又一次地被他们激发了生活的勇气。人生多磨难,但没有过不去的坎。1979 年,我在乡下老家,用废弃的电池炭棒在刚刚盖起的新房墙上写下了"永远进击"4 个字,40 余年来我真的就没停下"进击"的步伐,常有停歇之念,时怀放弃之想,但终究没有因杂念缠绕而止步。冥冥之中总有一种力量催赶着我往前冲,因为我始终相信"生活是美好的",只是我们如何去追求、如何去创造的问题。

美好的生活是靠勤劳的双手创造出来的，要有"劳动创造美好"的理念和思想，不要想歪了、走偏了、搞砸了。任何时候不要去动歪脑筋、出馊主意，那种害人不利己的"捷径"是走不得的。穷一点，算不了什么，精神愉悦才是最重要的！但是作为人，不能甘于贫穷而惰于创造，特别是吾家后人应以笃学、勤劳为安身立命之本。

　　"天地生人，有一人应有一人之业；人生在世，有一日当尽一日之勤。"告己，抑或示儿？我们共勉吧！

良好的家风

　　家财万贯,不如良好的家风。可是良好的家风怎么形成? 又从何而来呢?

　　我生活在一个农耕之家,祖母 35 岁去世,祖父因家贫未续弦,才五十出头就去世了,除父亲、幺叔两个男丁读了几年书外,3 个姑姑均为文盲。外祖父死得更早,殁年 39 岁,外祖母 29 岁守寡养育了我的母亲和两个舅舅,母亲和两个舅舅均未读书认字,但他们曾经"偷书",就是在老师教其他孩子识字时,他们站在先生的后面偷学。然而我们家的家风很好,外祖母和我的母亲曾无数次向我讲述了"小时偷针,长大偷金"的故事,警示了我一生。

　　从我掌握的家史来看,我们家也好,母亲娘家人也好,以祖父辈为中心上下 100 年没有出现一个品德不良之人玷污门庭。这 200 年的家史证明了我们家风是良好的。然而,我总在思考:200 年来的家风是怎样形成的呢?我想除了一代一代传承之外,应该是没有别的办法了。近些年来,我出现了一些"叛逆"思想,觉得父亲、母亲及我们这一代人在教子育人的方法上都有自己的局限性,即"格局"出了问题。昨天看了河清兄推送的转帖《父亲的大格局,母亲的好情绪,就是一个家最好的风水》,便觉得有话要说。

　　"父亲的大格局,决定了子女未来的高度",而"母亲的好情绪,决定了子女内心的温度"。祖父、父亲与我，3代父亲的格局如何？而作为我们家族的3代母亲的"好情绪"又如何？我们不能去责怪，我们应当反思而改之！

其实，良好的家风不仅要传承，而且要不断创新，不断完善，不断学习，不断丰富。

家风，200年太久，先顾好当下。

板荡识诚臣与智者必怀仁

清晨醒来回想一些事、一些人，逐一品味，突然又看见朋友圈中有人发了一段感悟："所有的惊喜和好运，都是你善良的积累。"此语在我的头脑中开始发酵，人的惊喜和好运，真的全部与善良有关吗？我看未必，但无论何时何地，遇到何事何物，作为驾驭自己言行的主观思想应该是坦坦荡荡、仁慈厚道的。

李世民《赐萧瑀》曰："疾风知劲草，板荡识诚臣。勇夫安识义，智者必怀仁。"看来无论是千古名帝之一的唐太宗也好，还是寻常百姓也好，都能感受到生活中的酸甜苦辣之味。人心难测，但不是不可测，连疾风都能知道劲草和衰草，难道人不会鉴别谁忠、谁义、谁仁、谁恶吗？世界上的权你能用尽？世界上的钱你能赚完吗？执政也好，营商也罢，要懂得适可而止。"沧海横流，方显英雄本色"，人在关键时刻方显本色，是英雄或"狗熊"，是仁是义，是善是恶，都会从你的言行中暴露出来。有人说："人的才能就好比是可以使用的工具，而所有的工具又是可以用来从善，也可以用来作恶的，唯一能够驾驭的是自己的思想良心。"良心好的人与良心坏的人不因一时之念而改变，良心需要人用一生的修炼来坚守！

什么是智？李世民说得好："智者必怀仁。"也就是说一个真正的智者心中必定装有仁慈与厚道。

什么东西最可怕?

近来又发生了一件让我心寒的事,虽然经过部分好心的同学开导、劝慰,事情朝着好的方向发展,但是创口哪有不疼的呢?因身体局部出了点小毛病,需要住院治疗,我便静静地躺在这里医治生理上的疾病,也慢慢地思考着如何清除心里的污浊。然而,那些封存已久的心理顽疾要得到彻底的医治却不是一件容易的事情。

年近花甲的人无论处在什么环境,无论从事什么工作,是农民也好,是干部也罢,或许你从乞丐变成了富翁,但你不可能不经历一个成熟的过程,在这个过程中人是要学会很多东西的,可惜有的人就是学不会、听不明,既伤了别人,也害了自己。我想我们在现实社会里应该抱团取暖,应该用善良包容的心去对待同事、同学、战友和一切善良、正义的社会人,而不是只图索取,只把美好给予和自己有特定关系的人,对他人则是另一番面孔,甚至是恶意相待。

"吾日三省其身,为人谋而不忠乎,与朋友交而不信乎,传不习乎。"中国先哲把帮人做事要忠实诚恳,与朋友交往要讲究信誉作为天天要思考的大事,几千年的中华文化被一代代中国人传承延续,我是中华儿女中的一个,从小就耳濡目染这样的一种美德,我敬畏,我骄傲,我自豪。

事实上没有哪个人离开了谁就不能生存,这个地球也不会因为缺了谁就会停止运转。天是塌不下来的,即或塌了也会有"长子顶着",人类社会总是朝着美好发展,谁也无法阻挡。迎接美好,创造未来,不仅要有健康的体魄,更需要博大而包容的胸怀。残缺的身体不可怕,可怕的是自己的心灵常常被污水浸泡而得不到清洗。

大贤之明

　　一个人的贤明之处在于任何时候都能保持清醒的头脑，但是想着容易，做起来是很难很难的。难道那些落马之人，一脚踏空而栽了跟头的人没有想到落魄之时的牢狱之灾、祸及家人的惨状吗？我看未必。大凡都是聪明之人自投罗网，愚蠢之人极端行事，前者是一步一步自己缚颈而亡，后者是莽撞扑火而逝。

　　财欲太重、权欲过盛之人的结果是很糟糕的。无论圣贤还是平凡人家都有数不清、道不完的沉痛教训，因为在"蠢而多财"与"贤而寡财"之间绝大多数人都会选择前者。卑贱时不失志，辉煌时莫猖狂。老父生前曾反复教我一句话："穷日子当富日子过，富日子当穷日子过。"小时不懂其意，如今越来越觉得他的教诲有理。还有他讲的"小心驶得万年船"，也成了我的人生信条。

　　境当逆处多从容，事到盛时要清醒。吾记，吾儿记，吾家人记。父亲走了，突然觉得身上的接力棒很重很重。

喜庆的忧伤

　　近来有件事情一直在心里不能释怀，在喜庆中我会忧伤，在欢笑时我会中断，在无辜中我会中枪，不知道自己做错了什么。平时觉得自己不傻，但在一系列的沟通中我却发现自己做了一件大傻事，帮了别人反被别人喷了一脸腥臊味的唾沫。在我的人生中曾有过无辜中枪的记录，但是中了就中了吧。我的爷爷被疯狗咬了而去乱吃药，结果54岁丧命；我的父亲在乡下曾遭遇一群土狗的围攻，结果越反抗土狗咬得越凶，以致父亲被咬伤落下了残疾。有了他们的教训，我还好只是在8岁时被合作社的看门狗咬破了一点皮，并无大碍。所以我们家是严令不得养狗的，但在人世间我们又无法与狗完全划清界限，在群狗中确实难以搞清谁是土狗，谁是鬣狗，谁又是疯狗。

　　谢谢这个时代，感恩咬我的狗，遇到事情了我会铭记对我好的人，也会想起身上的疤，我庆幸在生活中又前进了一大步。

　　我决定放弃对任何人的偏见与仇视，以治别人的病，舔自己的伤，过好自己的每一天。

相逢崎路与歧路

昨日与朋友谈话虽无"与君一席谈,胜读十年书"之感,但确有收获,我们既不是"鸿儒",也不是"白丁",而是介于二者之间的普通人。平凡人、平凡事、平凡语却也能触碰我们的神经,引发我们心中的涟漪,让我们似有所获,亦有所知,思想的洪水让堤坝崩决,穿河过江,大有奔腾之势。

人的一生会走很多的路,但绝不会条条都是平坦大道,也不会没有拐点或岔道——这是一个最基本的客观现实,无论你的主观意识如何清醒明白,"崎路"与"歧路"你都会遇到。越过崎路到达目标时人们往往会欢呼雀跃,庆幸来之不易的成功与喜悦;蹚出歧路回归正道后人们又往往会自责不休,悔恨不已。其实面对这样的两条道路都应该深思与总结,找到一些共性与个性的规律,不乏其例。特别是歧路,值得好好归纳与辨识,误入歧途会给人生以致命的摧毁与打击。崎路要勇于去攀,敢于去闯;歧路则应该善于去辨,诚于去改。我这辈子大多走的是崎路,有曲折,有泥泞,也走了一些歧路,而目前的路又处在一个较大的环形交叉路口。不知怎么去识别前面的路标? 慎行为妙! 小心为高! 你也一样。

复忆《陋室铭》而思

"苔痕上阶绿，草色入帘青。谈笑有鸿儒，往来无白丁。可以调素琴，阅金经。无丝竹之乱耳，无案牍之劳形。"刘禹锡被贬和州，知县不让其享受三间三厢的衙内套房而置其于城南的偏室，志存高远的刘公却道出了"面对大江观白帆；身在和州思争辩"的对联。小人知县又差役督其搬进城北的狭窄之屋，而刘公又书一联："垂柳青青江水边；人在历阳心在京。"因而又被责令搬迁至城中一间仅能放置床铺桌椅的单间，于是有了我们今天能看到的《陋室铭》。

不足百字的短文却流传 1200 多年，那些人、那些物早已不复存在，那屋、那室，还有那高洁与丑陋的贬谪之人和在位之人早已尸腐骨销，留下的唯有文字和文化，以及字里行间的精神。我不禁想起了宏甲老师说的古来有多少大厦倾塌而废，有多少强大的帝国坍塌而亡，然而文化传承却源远流长，经久不息。权力和地位只是暂时的，不要刻意去追；金钱和财富是身外之物，"人为财死，鸟为食亡"。削尖脑袋去天天谋、日日思、夜夜想、时时争的枭雄，又有几个能走到头呢？还是安于平常心，去等待，只要你着意修身、修心、修性，是你的一定跑不了。但是你千万不能"守株待兔"，儒家思想注重的是勤勉，懒惰是万恶之源。

与君共勉！

晨起心语

年龄大了，心思也多了，特别是遇到一些事、一些人，心里便增加了一些不惬之念。这种丝丝缕缕的隐痛无处诉说，无人倾听，于是我变成了闷葫芦，要么静坐品茗，要么把其变成黑夜的长思，抑或用阅读、写作的方式来冲淡不满，这是我多年来排解烦恼的手段和方式，而且效果很好。

情绪多变，情感脆弱。这是我的一大毛病，而且这个毛病在我身上驻扎了半个多世纪，近些年似乎越发明显。父亲去世后，我越发思念他的好，每每遇到难处就想到父亲的遗嘱，母亲在世时我又常思她的不周，每每有个细微闪失，我心中就会泛起涟漪。到了这个年龄，我总会"高看"自己，总会把自己当成"救世主"，其实完全是自己跟自己过不去，自己给自己添麻烦。

清茶淡水、粗茶淡饭，如果能有这样的享受也挺逍遥，可是我还不能，还有那么长的一段路等着我去行走，我的朋友们，希望你们也正视自己，正视，正视，再正视！

和　年

当远处传来噼里啪啦的鞭炮声时，我却怎么也高兴不起来。手机在不停的叮当声中传递新年的祝福，我"高冷"地没有向友善之人复以同样的祝福，因为我在心中不停回想着一路的泥泞。

故乡还在，曾经的那个"家"却没有了，我在那里足足汲取了22个年头的营养，最终带着惆怅离开了那个"家"。但那个"家"始终留在我的记忆里，于是我可以毫无愧疚地说，那个曾经有"家"的地方就是我的故乡。

故乡是苦难的。祖母是穿着她妯娌身上脱下来的棉裤才得以安葬的；祖父是被疯狗咬了之后病死的；父亲母亲在一个极不友善的环境中没日没夜地劳作，他们的灵魂与肉身至少历经了20年的鞭挞。我是兄弟姊妹中唯一的"男神"，但同样没有逃脱灰暗的生活。

故乡又是幸运的。它让我七八岁就能和姐姐一道捡粪赚工分，拾柴火、打猪草、做饭食、挣银子。大约10岁时，我可以捡破烂，有了私房钱；16岁就能闯市场，开始经济独立。想想我童年、少年时的煎熬，再也没有什么比这更幸运的事了。19岁我有了自己的养猪场、自己的运沙船，20岁我有了自己的海鸥牌照相机、黑白电视机，这些如今看起来不值分文的物件，那时是大富的象征。现在想想，我能否定故乡带给我的幸运吗？无论如何是不可以的。

22 岁时，得到祥哥的邀请之后，我终于离开了故乡，父母亲让大舅把我从宜昌好说歹说才劝回了老家。我那时年轻气盛，在父母面前早已夸下了海口："在外无所作为，坚决不回应城。"我也曾在宜昌跟那帮五湖四海的朋友吹了牛："我一定要做实业，成为一个说话做事有板有眼的成功商人。"我是绝不愿意回到那个让我讨厌了好久的故乡的。

可是，我还是回家了。

上了两年的班之后，故乡的人对我一片赞美。"跳槽"对那时候一些没有"路子"的人来说是非常困难的事，这样的好事我却得到了，一边有人要我，一边祥哥又要留我的好"差"（chēi）。我选择了"跳槽"，再一次改变了我的人生轨迹和航向！

好事是由三哥提出并先告知我的，因为他即将获得法定代表人的身份，于是招兵买马，想拉一些能为他做事的人。次年他如愿以偿，可是，有一双眼睛始终盯着他的位置。他看不清危机，也不懂得权术。让他不能自拔的嗜酒，外加一张管不住的嘴，成了他易岗丢权的直接推手。他是他自己的掘墓人，我是他的牺牲品。两年后，我离开了那片满是荆棘的林子。

我又一次因为苦难而得到了幸运。那些人还在，那些事已经烟消云散。但我并没有忘记，如果我不忘记，那将受益终身；如果我耿耿于怀，那我将步入"复仇"的深渊，会害我终生，说不定还会影响到我的子孙。

我的醒悟是在 20 年前就开始的，这种觉醒是如梦初醒，这种觉悟是大彻大悟！狡兔去了，祥龙来了。和，是这个新年送给我最好的礼包！

健康堪忧又失二君

L君毕业后分配到我所在的单位,时年20岁,后来我们相继调回市局,在两排低矮潮湿的平房里又是大门相对的邻居。那时我们都有了小孩,我们各自的母亲都在身边。看得出来他们家比我们家更艰难,L母早年失去L父,我的父母亲均在,而且生计比L母要强。他的母亲一边带孙子,一边揉酸盐菜卖,以此换点零花钱贴补家用。后来我们因为工作原因和居住环境改变而渐行渐远,一年难得一见,甚至连他"走了"我都毫不知情,今闻之不胜悲哀。好兄弟呀,你才刚刚五十出头,想必你那个守寡养你成人的母亲此刻还躺在床头呻吟,想必你的妻子下岗后还在打工谋生,想必你的成儿还未完婚。你和你的母亲曾经孤儿寡母,而你的妻子、儿子如今步你后尘,又是一对孤儿寡母。其情其景让我泪湿衣襟!

然而,在我还未能接受L君离世的事实时,又一位80后的W君离开人世。作为同事、同行、战友,W君是我们这代人的晚辈,才30多岁咧,前些时为了挽救他的生命,大家都进行了义捐。我们虽不相识,却是同一个战壕里的战友,我们的情、我们的义、我们的恩、我们的爱,缔结了共同的仁心善德。斯人已逝,生者何思?

善待生命,不能贱待身体。守护健康是责任,是贡献,不要为糟蹋身体找理由。

善待老年应该起于何时?

前几天我去看了亮哥,4月底就听闻他患病了,而且还是食道出了问题,于是我就一直挂在心上,直到他从武汉回来我们才得以相见。化疗无疑是伤到了他的身体,但他的精神还是可以的,现在进食也没问题,我祈祷他能好起来,也相信他一定会好起来。

今晨我想到了如何善待老年这一现实问题。如何善待?究竟应该从什么时候开始善待?

我来到新的岗位已满 13 年了, 先是东哥突然离世, 年仅 43 岁;没过几年平哥又走了,58 岁;接着四哥又走了,52 岁;还有同一个单位的 10 多人在这 13 年间分别驾鹤西去。于是我想到,善待老年的自己应当从年轻时开始,应当越早越好。浪费时间,透支身体,就是缩短生命的罪魁祸首。

"病来如山倒,病去如抽丝。"老年的自己若没有一个好的身体,再谈善待老年就是一句空话,病痛小于心痛,心会受到无穷的煎熬和折磨。保持一个健康的体魄,对家庭是一份责任,对社会是一份贡献,对自己才是真正的幸福!

朋友,善待老年的自己,请你提前 10 年、20 年,最好是 50 年,就去做!

第五辑

九州走笔

去宁乡市

耳顺之年的生日旅行目的地，我选择了位于全国百强县市前列的宁乡市，这里地处湖南省的东北部，与洞庭湖的南缘相连，是一个值得走一走、看一看的好地方。

汽车进入孝仙洪高速不久，就转道沪蓉高速，约两个半小时后，再入宁韶线，不到5个小时便抵达了宁乡市大成桥镇。这里是全国综合改革示范区，也是全国乡镇治理示范区，镇委书记贺伟是从办公室主任岗位提拔上来的，我读了一些他的文章、课件和报告，对他很是佩服，如果不是政务工作缠身，此弟应该是个文笔斐然的作家。

挂职乡村第一书记的我，决意去看看这里的村村寨寨。鹊山村的陈剑是全国人大代表，他所在的村庄由乱到治，从差到优，很具榜样性。他们是大成桥蝶变中涌现出来的红旗村，当然也是宁乡市乃至湖南省迈入全国乡村治理先进行列的一个好典型。我进入鹊山村之后，在一片虾塘边的亭子里坐下来歇了一会儿。

过大成桥集镇沿着宁横线再北行五六分钟就到了二泉村。这里是郝妹子的婆家，她是宁乡的美女诗人。湖南人称女孩子叫妹子，我们叫姑娘伢；湖南人叫妻子为堂客，我们叫媳妇伢。郝妹子就是这里的堂客，热情、泼辣、干练、励志，当然最大的优点是耐看。

143

　　我当日上午去了喻家坳乡,下午去了横市镇。当天读了宁乡市政协副主席、文联主席胡宇女士的散文集《璜塘湾》,勾起了我的许多回忆,乡愁的涟漪一波一波荡漾开来。于是,我在乌云铺盖下来前,索性去了这个小小的村湾。当我即将离开时,一个圆脸、发福,而且头发有些秃的男人向我走来,一边打着手势,一边口里在嘟哝着什么。

　　可是,他的方言口音太重,我没有听懂,但估摸着他是说:"你好,你是干什么的?"

　　我放下了举起来的手机,停止了拍照。

　　当我靠前几步时,突然眼前一亮,心中想:是他,肯定是他。

　　但我没有唐突地直接问。

　　"老人家您贵姓呀?"我迂回地问他。

　　"姓'浮'咧,就是古月'浮'的'浮'。"我从他浓浓的方言中听出来了他不是姓"浮",应该是姓"胡"。

　　"那您是不是有个女儿叫胡宇呀?"

　　"是的,是,胡宇是我女儿。你怎么认识她啊?"

　　都说女儿像爸就有福气,而胡宇父女俩长得真像。

　　此时,被胡宇称为"小媳妇"的二满婆听到了我们的对话,也从屋里跑了出来。

　　胡宇主席就是从这个名不见经传的小村湾走出去的湖南作家,从记者做起,30岁出头就小有成就,她的散文写得真的很棒。有趣的是,她还是警嫂。我为我们警察队伍中的同人娶到这样有才有貌的贤内助而庆幸!

　　站在璜塘湾,我扫视着这里的一草一木,好像对这里平添了一份别样的感情。我邀请邻家大嫂为我和胡宇的父母拍了一张合影。临别,二满婆塞了两个苹果给我,寓意"平平安安"!

回到宾馆冲了一个热水澡,一天的辛苦疲惫迅速得到缓解。

我靠坐床头,捧着《大地的乐章》这本描绘宁乡乡村振兴工作的报告文学集,缓缓进入了梦乡。

杨开慧故居

推辞了朋友们的盛情邀请，我执意要去此行的主要目的地之一：杨开慧故居。

从炭河古城出来，我便匆匆地向长沙北挺进。抵达开慧镇时已是下午 5 点多钟了，我在开慧村一家民宿办理了入住手续。

傍晚，徜徉在干净整洁的开慧镇街上，一片静寂，顿觉这里的经济状况与宁乡那边相差甚远。

开慧镇隶属于长沙市的长沙县管辖，东与平江县的向家镇相邻，南依福临镇，西靠汨罗市李家镇，北通汨罗市，距湖北省武汉市不到 3 个小时的车程。

次日，我怀着十分景仰的心情走进了杨开慧纪念馆。

"开慧之死，百身莫赎！"

既是伟人，也是丈夫的毛泽东得知杨开慧牺牲时，怀着沉痛的心情写下了这样的 8 个大字。

"我死不足惜，惟愿润之革命早日成功。"

这是作为烈士和妻子的杨开慧面对死亡发出的铮铮誓言！

杨开慧纪念馆由烈士陵园、烈士纪念馆和烈士故居三大部分组成。

烈士陵园里还有她牺牲在朝鲜战场上的大儿子毛岸英的衣

冠冢。

烈士陵园里还有她的堂弟杨开明烈士墓。

烈士陵园里还有她的侄女杨展烈士墓。

杨开慧牺牲时 29 岁,毛岸英牺牲时 28 岁,杨开明牺牲时 25 岁,杨展牺牲时仅 21 岁。

杨开慧、杨开明是因叛徒告密而被捕的,而且刽子手行刑前分别对他们威逼利诱、严刑拷打,但都没能让他们投降屈服,最终他们慷慨就义!

年轻的杨展是跳崖牺牲的,因为她不愿成为俘虏。可见,杨家将是何等的英豪!

长沙板仓镇的杨氏与平江向家镇的向氏都是当年的名门望族,而且两家是亲上亲。

杨开慧的父亲杨昌济、母亲向振熙是嫡亲的姑舅老表。

1920 年,杨昌济在北京大学任教期间患病而终,享年 49 岁;向振熙于 1962 年病逝,享年 92 岁。两人育有 2 女 1 男,长女夭折,独子杨开智,次女杨开慧,杨展是杨开智的女儿。

"又是一晚没有睡,我不能忍了,我要跑到他那里去,小孩,可怜的小孩,又把我拖住了,我的心里挑了一副重担,一头是他,一头是孩子,我都无法拿下。"杨开慧烈士生前的这段日记我曾读过多次,当我再次在纪念馆内读到时,我,还是哭了。

"今天是他的生日,我格外不能忘记他,并暗中行事,使家人买了一点菜,晚上又下了几碗面条,妈妈也记得这个日子。晚上睡在被子里又伤感了一回……"这是一个女人思念丈夫时那种来自骨子里的爱。

"我决定把他们——小孩们——托付给你们,经济上只要他们的叔父还长存,是不会不管他们的……倘若真要失去一个母亲,或者再加一个父亲,那不是一个叔父的爱,所抵得住的。必须是你们给予共同的爱护,方能让其在温暖的春天里自然地生长,不至于在暴风骤雨中受到侵害。"我跟在一群参观的游人后面,当听到导游声情并茂地读出这段文字时,我的泪水再一次地夺眶而出。

这是杨开慧生前写给弟弟(即杨开明)的信,可是信并未寄出。1982 年重新整修杨开慧故居时,人们在卧室后墙离地面约两米高处的泥砖缝中发现了一叠杨开慧的手稿,这封信才公诸于世。

后来,写信的人——3 个孩子的妈妈、毛泽东的爱妻杨开慧,牺牲了;3 个孩子的叔父,毛泽民、毛泽覃也都牺牲了。

从上午 9 点开馆,除中午闭馆的 1 小时,我在纪念馆内足足参观了 6 个小时,直到下午 4 点才离开。

只要是红色旅游点我都会像今天一样久久不愿离去……

一个很有意义的生日旅行在这里打上了休止符。

个人与国家的命运是紧密相连的,不要认为你的能力强、"板油足"就目中无人,也不要认为你有钱、有权就不可一世。

钱是怎么来的? 权又是谁给的?

自当掂量、掂量,思考、思考!

炭河古城

复活的炭河古城是古城吗？

是，也不是。

我流连于这座有 3000 余年历史的古城，可这里连古城的影子都没有，尽是一些现代元素的组合。

可是，古城的宣传却十分"勾引"游人。

"《炭河千古情》，一生必看的演出。"

我是前一天在手机上预订的门票，打完折 160 元。

贵吗？如果是大剧那就是一个字——"值"！

炭河古城源于这里出土的商朝四羊方尊，确确实实值得一看，可惜当天闭馆，我未能一睹真容，但值得一记。

因为我来过这一方"圣土"。

《炭河千古情》是文人的杜撰，是一群导演和艺术家倾情打造出来的大剧。

因为我觉得那是一场精神的盛宴和一顿艺术的大餐。

先说说四羊方尊的前世今生吧。

在商周时期，强大的商"帝国"命令相对弱小的西周国贡献一件彰显强盛的礼器——"四羊青铜方尊"。周王为了保护国家和国民，迫于无奈只得集聚全国的能工巧匠，终究完成了任务而进献于纣王。

可是，"财富是社会的"。

强大的王朝终究会倾覆，四羊方尊曲曲折折、折折曲曲地又回到了人民的手中。

1938 年，当年还只有 17 岁的宁乡农民姜景舒与弟弟姜景桥、姜喜桥在山上开垦荒地时，一锄头挖出了这件埋藏了 3000 年的宝物。

生活拮据的姜家兄弟最终以 400 块大洋将之脱手。

后来，四羊方尊几经周转而不知去向。

在那个动荡的年代，日本侵略者冲进了国门，在中国大地上烧杀抢掠、横行霸道，四羊方尊也因此命运多舛。

但当时有两个人在长沙城里默默祈祷着四羊方尊能有好运，他们的心中有一股熊熊的民族烈火在燃烧。

"一定要让这个国之重器、国之瑰宝回到人民的手中。"这就是当年周恩来和陈毅元帅在湘城的共同心愿。

新中国成立后，国务院总理周恩来下令追查四羊方尊的去向。

四羊方尊还在。

只是此时的四羊方尊已成"碎尸"，被日本人的大炮炸成了 20 多块残片。

万幸的是这些残片无一缺失地被人装在了一个大木箱内。

修复如旧的四羊方尊于 1959 年被护送到北京，现正在中国博物馆见证着大国的太平与和谐。

再来看看《炭河千古情》吧。

炭河连同炭河边上的西周古城早已经无影无踪了。

残暴的纣王和进献谗言的妲己已经被人们鞭挞、诅咒了 3000

余年。

宁儿却因为国捐躯，为夫舍命的大义被铭记至今，"宁乡"就是以她的名字命名的。

"爱在宁乡"，爱也在人间。

任何时候爱都不会缺失！爱也不应该缺失！

导演黄巧灵，我记住了这个名字。

此君真是大手笔，他是宋城集团的发起人，也是总策划、总导演。

《炭河千古情》共分为"在河之洲""炭河绝恋""妲己艳舞""牧野之战"和"爱在宁乡"5个部分。

这是一部以四羊方尊为主题的大型现代歌舞剧，剧情跌宕起伏，情节环环相扣，看点是历史故事和现代元素的融合，让人大饱眼福。整场演出听说有演职人员几百人，道具、机械上万套，舞台上的声、光、电艺术那真是一绝。我边看边用手机零星地录制视频分享给我的朋友。演出现场让人无比振奋，每到精彩处，观众席上便自发地报以热烈的掌声，全部演出只能用"震撼"二字为之叫绝。

因为这比我6年前在山西看到的《又见平遥》更好看，更精彩！

难怪他们敢大胆地喊出火辣辣的广告语——"《炭河千古情》，一生必看的演出"咧。

沩水源

"才饮长沙水,又食武昌鱼。"

坚持半个月不食大荤的自律最后还是打破了,吃完鹊山村的小炒肉、野生刁子鱼,又尝了灿妹子的工作餐和土鸡蛋,之后便别离大成桥,进入了宁乡西角的沩山乡,在这里又选择性地尝了尝沩江里的白刁、财五家的魔芋,还有张大嫂子的厨艺。

尽管朋友们再三建议我去看看千佛洞、密印寺,但我还是没有去,转身去了沩水源村。这是沩水村与沩源村合并而来的一个村,与我挂职的知府村类似,是破港村与知府村的组合体。最让我感兴趣的是来该村扶贫 3 年的邓文慧,他在这里留下了 400 余篇的手记,2018 年 10 月以《沩水源长——一个扶贫干部的工作日记》的名字正式出版,比我的《扶贫日志》早出版 3 年。严格地说工作上我没有他扎实认真,他在沩水源扶贫工作了 3 年,而我在义和镇新六村仅工作了 1 年就转到了郎君镇的知府村。

我看了沩水源村的千亩黄桃林和茶园,这是该村的两大经济支柱。资料显示,沩山乡仅茶叶的种植面积就有 2.3 万余亩,沩山绿茶也在全国茶叶市场占有一席之地。

我也去看了高氏祠堂,这是一栋建于 1887 年的民宅,因新中国成立以后作为学校而完整地保留了下来。高氏在宁乡的开基祖可以溯源到明朝初年。我驻足高继青烈士的遗像前遥想过去，22岁的他被刽子手挖去了左眼仍然不屈服、不招供，其坚贞不渝、视死如归的英豪之气真是让我敬佩！

当我进入沙田乡时，远远地看到了车前方的一条大横幅"欢迎您进入中共一大代表何叔衡故乡"，而我所在的应城市也有一位中共一大代表刘仁静，只是两个"一大代表"的家乡采取了不同的宣传方式，刘仁静一直没有这样被推崇过。因为刘仁静走过一段"弯路"，最后于 1987 年因车祸在北京逝世。

位于沙田乡长冲村的何叔衡故居始建于 1785 年（又说 1784年），何叔衡 1876 年在此出生，后参加革命，于 1935 年 5 月在福建长汀战斗突围时壮烈牺牲。

因何叔衡故居当天未开放，我又转道前往谢觉哉故居。

谢觉哉是"延安五老"之一，新中国成立后任最高人民法院院长，1971 年在北京病逝。百岁老红军王定国是他的第三位夫人。这对革命伴侣的结合，是经彭加仑介绍，毛主席同意的，两人共育有 5 子 2 女。王定国是四川省营山县人，父亲死后，7 岁的她就去别人家里推磨赚钱养家糊口，很小就被送出当了童养媳，后被其舅舅等人赎回来而走上革命道路，2020 年 6 月 9 日在北京病逝，享年 108 岁，是寿年最高的老红军。

谢觉哉是宁乡市沙田乡堆子村人。其故居始建于 20 世纪 30 年代，当时他已经在长沙参加革命工作，其原配夫人何墩秀在此居住。

当我参观完毕正准备下山时，上来了两个老人，从着装来看应是当地的居民。我以为他们也是来参观的，谁知他们是这栋民宅的主人之一。

老人名叫谢壮初，时年 87 岁，早年毕业于武汉水利工程学院，在甘肃省酒泉市工作，他们两人是谢觉哉的长孙和长孙媳妇。据他们讲，谢觉哉的嫡孙子辈有 10 人，但目前健在的只有 4 人。谢壮初的父亲是过继给叔叔做嗣子的，其父为爷爷与奶奶何墩秀所生养的长子。

因天气渐晚，又下起了小雨，我和他们拍了一张合影，留下谢老的手机号之后，便匆匆告辞。

汽车迎着雨水向炭河古城飞驰。

触摸 600 年前的明城墙

最早认识的古城墙是 45 年前家乡县城的那段城墙,后来又看了荆州古城墙、西安古城墙和北京八达岭古长城墙。今天又在六朝古都的南京城漫步了一段明城墙,除了对古城墙有了一些量的观察之外,我还有了一些质的认识。当我们看城墙,说城墙,跳出城墙识城墙时,那些孕育在城墙之内的东西就越来越清晰可见。在此,结合明故宫、明孝陵,我们来说说明城墙中的那个集乞丐、僧人、士兵、将军和帝王等身份于一身的朱重八吧。

公元 1328 年,今安徽省凤阳县一个姓朱的贫寒农户家里又添了一个男婴,按当时的命名习惯被称为重八。1343 年,当地发生旱灾,次年又发生严重的蝗灾和瘟疫,不到半个月,他的父亲、母亲和大哥相继去世。为了能活下去,朱重八到当地的皇觉寺出家为僧。他在皇觉寺内虽然做事很努力,但在一些老和尚面前并不受待见。后来庙里也难以维持生计,朱重八被迫外出托钵化缘流浪四方。再后来他投奔了由郭子兴率领的一支农民起义军,深得郭子兴的喜爱,并娶了郭子兴的养女马氏。1352 年,他改名朱元璋。

25 岁的朱元璋,不仅作战勇猛,而且十分机智聪慧,其才干、勇敢、谋略逐步在军中得以显露,因此赢得了声誉,树立了威信。在郭子兴染上了疫病去世之后,他成了这支军队的实际掌控者,也占领了一些城池。

朱元璋接受谋士朱升"高筑墙，广积粮，缓称王"的建议，没有立马称帝，直到公元 1368 年，才在攻克江宁(南京)之后，改江宁为"应天府"并登基称帝，建立明朝，取年号洪武。这就是朱洪武、朱元璋的来历。

称帝之后，朱元璋号令修筑城墙和孝陵(因为马皇后被称为孝慈皇后，1382 年先于朱元璋去世，时年 57 岁，朱元璋将此陵园取名孝陵；长子朱标葬在该陵园的东边，史称东陵)。是时，全国效仿修筑砖城墙。像西安古城墙原是以土、石灰、糯米掺和而夯实筑起来的土城墙，明代才在原基础上砌砖而留下来的现今城墙；我大应国(应城市)的古城墙也是起先土垒而成，后改砖砌的城墙，只可惜被战争和无知的后人逐渐毁掉。

无论是如今漫步于南京明城墙，还是 10 年前踏足于西安古城墙，抑或是寻觅应城逐步消失的那个残破不全的旧城墙，我都深深敬畏当年那些修筑城墙的先人，他们的心智、他们的血汗、他们的劳动，还有他们藏匿于那个时代、那个过程中的痛楚、屈辱以及不得不承受的徭役，都让我百感交集！

明城墙也好，唐城墙也罢，我们都能或者都要从那封"千里家书只为墙，让他三尺又何妨？万里长城今犹在，不见当年秦始皇"的劝诫中汲取精华。古老的华夏大地，灿烂的中华文明，显赫的千古帝王，英雄的劳动人民，都是人类历史长河创新与创造之源。

品史思故，只有不断地认识，不断地学习，才是丰富自己的不二选择！

去冬北国　今夏南疆

"北国风光，千里冰封，万里雪飘。"

"正是神都有事时，又来南国踏芳枝。"

重温这些诗句，再寻伟人足迹，苦读诗人心志，多思立身真谛，就得用脚去丈量东西南北，用心去领略古今中外，用眼去观察千奇百怪。把苦难研磨成粉末再用汤匙一点点送入口中去品尝，就一定会品出其中的精彩。

去年"四君子"一路北行又往东走了一段，今日两兄相约又南来访友。其目的是行千里路，访万家友，学会与不同的人交流，得其道，悟其人！

当我们不能改变别人时，就要改变自己；我们无法改变风向，但是我们绝对可以改变风帆。换个角度去识君，换种思维来辨事，也许眼前就会豁然开朗。

"事出异常必有妖。"当有异常的事、异常的人出现在眼前时，不要慌，不要急，一定要查查背后的"存在"。这就是辩证的法则："透过现象看本质。"

朋友们，擦亮你们的眼睛吧。

水绿江南　飞足塞外

又是一个人间四月天，我拎起行囊来了一次说走就走的内蒙古之行。4 月 22 日晚 11:45，我们乘坐的中国南方航空公司 6211 班机安全着陆在呼和浩特这片让我神往多年的土地之上。

吃罢早餐，几经交涉，在众口不一的"拉锯战"后，众人理智、包容、协调、快乐地达成了一致的意见，我们 30 个男男女女乘着蒙 A64281 向着第一个景点希拉穆仁大草原幸福地出发了。在这里，我既享受了蒙古族人热情的款待，也领略了蒙古族人豪放、剽悍的性格，更陶醉于这里的自然风貌。其实，初来乍到的我们立于巴音爱力这个旅游景点时，不免有点遗憾，因为这片人烟稀少的草原并没有我们想要欣赏的"天苍苍，野茫茫，风吹草低见牛羊"的绝景。然而，这里确实好玩、好看、好吃，我骑在马背上，行走于风沙之间，游历了敖包，穿插于农舍，品饮了奶茶，尝到了用牛奶、羊奶制作的不同甜品，当然，更让我们全体团员兴奋不已的是那独具蒙古特色的烤全羊。一只百余斤的全羊几分钟就被众口"吞噬"殆尽，我欣赏，我惊讶，我陶醉这些吃货的"粗"。如果说游和吃是视觉与味觉的享受，那么，蒙古人的马术表演则是这个古老民族剽悍与勇猛的展示。是夜，茫茫草原，篝火盛焰，我们尽情享受着蒙古的齐齐格（意为美女）达娜和巴特（意为帅哥）依拉图的歌声和那马头琴发出的天籁之音，与蒙古族人狂欢共舞，不亦乐乎，共同演绎了一曲欢乐情谊之歌。

响沙湾是我们在塞北享受的又一次游乐盛宴。这里地处鄂尔多斯达拉特旗境内，是全国最大的沙漠旅游景点，由福沙岛、悦沙岛、仙沙岛、莲沙岛和一粒沙岛组成。这里"天似穹庐，笼盖四野"。极目远眺，天野相接，好不壮阔的沙漠美景尽收眼底。我们乘着冲浪车飞驰在沙漠的山间峡谷，我们骑行着骆驼漫步于沙岛之间，我们驾驶着沙地快车迎"沙"疯行，我们在仙沙岛峰顶坐上类似于儿时的跷跷板向下俯冲滑行……我们疯了，醉了，过了一把"沙瘾"。

欣闻汉川著名诗人贾传安老师带着郭成才、张正茂、汤永霞4位诗人随团采风，我没有诗人看山不是山，看水不是水的艺术境界，也无心风雅，只是在此作点游历的记录，并用苍白的文字为己、为人留下一点回眸的影子罢了。

别离佛山

14:08，广州至武汉的 G544 列车徐徐离开站台，以近 300 公里的时速向着北方那个正在崛起的都市飞驰。3 天前带着一肚子的心事来，3 天后又带着一肚子的心事走，终点在佛山，始点在佛山，转折点也在佛山。猜忌与疑惑没了，信心与方法来了，市场大，大得漫无边际，团队小，小得难入吾"法眼"，一个宁死不低的头颅，一具宁折不弯的身躯，再加一颗孤芳自赏的心全部在广东省佛山市得以释怀。仁者见仁，智者见智。在那些口若悬河、布政施道的演说中，在那些狂少群舞、喧哗高叫的疯闹中，我不被他们而左右，不因他们而跌宕，更不为他们而奔，而弃，而滞，而流。不变应万变有人为策，有人为僵；逢山开路有人谓之胆识，有人谓之冒进；遇水搭桥张三认为可取，李四认为应弃，而王五说可搭可不搭，这个世界就是这样。人上一百，形形色色，公说公有理，婆说婆有道，于是佛山的 3 天，我该吃时吃，该睡时睡。不过我还是好好地听，冷冷地看，偷偷地学，时时地记。但我这个倔驴一样的半老头子终于被他们"逗哭"了一次，而且泪水喷薄而出，犹如泉涌，是怜悯？是性善？抑或感同身受？我不得而知。

你们都要听我一句：不要太拼，身体是本钱呀！

香港之痛

期盼已久的香港之旅终于在这个年末岁首之际成行了，1月9日吃罢午饭，我们一行8人从应城到武汉，又转深圳，再入皇岗口岸进入香港新界落马洲口岸，此时已是北京时间午时11:25，经过焦急的等待、烦琐的检查、严格的验证和人群的拥挤，我们终于来到了世人瞩目的中国香港。

我在香港随团转悠了2天，路过了黄大仙庙，踏访了紫荆花广场，游历了海洋公园，11号晚上我们一行又匆匆出了香港，入澳门之门，结束了所谓的香港游。

其实我们在香港仅仅待了31个小时，入岛出岛的时间就用了近4个小时，晚上睡觉从进旅馆到出旅馆用了12个小时，有买，有逛，有玩，也有看，还有听，更有思。买，作为消费是一件快乐的事；逛，是一件轻松悠闲的事；玩，却是一件虽怡然但很累的事，然而我的心很沉，也很痛。

伟人邓小平晚年"我一定要到自己的土地上去走一走，看一看"的话在我耳边萦绕，可是斯人已去，历史给这位老人留下了无尽的遗憾，也为我平添了一份痛感。

昆明西山之旅

西山风景游览区本非此行的游玩目的地，但却收获了意想不到的惊喜。昨晚，小吴总从陆良赶来昆明接我吃晚饭，并再三挽留我去看看西山风景，本不想去，但问及景区内容时，我被龙门石窟和聂耳墓所吸引，于是兴趣陡增，欣然应允。

14日的早晨，虽处初冬寒冷之季，但春城昆明却阳光和煦，我甩掉了袄子，脱下了羊绒衫、羊毛裤，仍觉有点燥热。吃罢早点，我独自驾着万总的"战马"直驱西山，仅半个时辰便抵达了风景区，我买了所有景点的通票，但我只选择了"观"龙门，"祭"聂耳。

龙门石窟位于西山的顶部，是明末清初时期杨汝兰、杨际泰和吴来清3人分3次组织石匠雕凿而成的，前后历时70余年，均在原石岩上镂空雕刻，是不可多得的艺术珍品。上得山来，俯视500里滇池，烟波浩渺，云蒸霞蔚，白帆点点，鸥飞燕舞。仰望山崖青山如黛，白云悠悠，绿树红房，雕梁画栋，给我一种如入人间仙境的感觉。民间所言：不要西山等于没到昆明，不到龙门等于白跑一趟西山。整个龙门集奇、绝、险、幽于一体，我感叹于自然的神奇与鬼斧神工，我惊讶古人的智慧与匠心独运。我深知这些瑰丽的山水、瑰丽的人文、瑰丽的历史、瑰丽的艺术不是我手中的拙笔能够描述得了的，真恨自己才疏学浅，只是一介粗俗之过客。

　　缆车上山,我因恐高而失去了在空中欣赏远近风景的绝佳之机;乘车下山,我又被专道遮蔽而失去了眺望滇水西山胜景美色的机会。得到与失去间总有一种微妙的平衡,人有所得,必有所失,"知足知不足,有为有弗为"。看来十全十美、鱼和熊掌皆得的事只是一种奢望,一劳永逸、坐享其成的美差只是一种向往。舍得、舍得,有所舍才有所得!

　　聂耳之墓是我西山之行的最后一站,也是整个行程的收官之旅。一个青年才俊、一个音乐天才,生命虽短,年方 24 岁就被异国他乡的江水吞噬。然而,他的名字却真正地流芳百世,田汉作词、他作曲的《义勇军进行曲》被定为国歌,举国传唱,被人民铭记,歌颂着中华民族的信心与凝聚力,饱含人们内心深处的家国情怀。

千户苗寨我来了

到达苗寨是晚上 9∶40,眺望远方,依山而建的千户苗寨灯火辉煌,壮观的夜景尽收眼底。办好入住登记我便一人漫步在夜色的苗寨之中,一条宽七八米、长约 1000 米的商业街上小商品琳琅满目,好像与其他旅游景点并无二样,约莫走了 1000 米,我就兴致全无地回到了旅馆。

清晨起来,苗寨的温度临近冰点,耳朵和脸庞有点冷痛感,满街静寂无声,薄雾浓云锁住了视线,街上没有其他游人,唯我独行,似乎一人专享,直至八九点钟了才见三三两两的游人在眼前出现。我沿着新修的街道走了近 1 个小时才走到出口,既无导游,又无景区地图,只得返回。但我没有选择原路而归,走的是一条羊肠小道,此时景点便映入眼帘,原来沿着这些一米见宽的曲线苗寨,全都是依山傍水叠加在山坡上的, 如果你不深入游览是领略不到其建筑风格和造房的艰难程度的。

整个苗寨位于海拔 1000 多米的西江镇,地形全是山坡。自然给予苗家人的客观条件是“地无三尺平,天无三日晴”,所以地和水显得十分珍贵,很多地方人行须侧身,运物马当先,马帮仍然在苗家人的生活里存在。我看到那些忠实的马驹驮着重物,喘着粗气,艰难地行走在九曲回肠的山路上。我目送着这些人类忠实的朋友渐行渐远，一种怜惜之情油然而生，它们所得的回报仅是能填饱肚子而已，但创造的价值却是几十倍上百倍或者更高。据说一人一马日平均的收入大概是 600 元，我觉得与之劳动的艰辛相比并不算高。

我选择了一条窄巷努力往上攀登，但走一段我就要选择一个返回的路标，否则可能迷路。陌生的人，特别是习惯在平原生活的"路盲"，更可能在迷宫一样的苗家村寨中找不到下榻的旅馆。我努力地向上攀缘，来到一处半山腰的老房子门前，想一探虚实，结果室内空空，无人回应。我伫立在门前主人家准备盖房的水泥地基上，望着满山的苗房竟不知如何去寻，如何去访，也不敢再往上攀。半个小时的山路已让我气喘吁吁，双腿酸麻，只好打道回府。

苗家人有用牛头镶嵌在门前当作装饰与用来避邪的风俗，但现在的新房很少有人这样设计了。苗家女人很勤劳，而且从一而终的妇德思想仍然很重很浓，她们对丈夫忠贞不渝，宁可自己吃点苦，也会选择包容、忍让、谦和、贤惠。苗家人过牯藏节以祈福祭祖，小牯每年一次，大牯 13 年一次，在节日里有吃得烫不能说烫和吃得辣不能说辣等忌讳。时间不知不觉到了晌午，可我对苗寨苗人苗史还未完全了解，但为了赶往昆明，我只得依依不舍地离开这神仙般的福地。苗家同胞我们后会有期，再见！

第六辑

所遇琐记

"番茄公社"在三合

昨天下午，我们受邀去了三合镇，看了农田山水，观了道路广场，进了"番茄公社"。这里的建设让我们一行的所有人员感到耳目一新。特别是这里的数字农业完全颠覆了我的传统观念，让人大开眼界。

驱车从城区出发，十五六分钟就能抵达数字农业园示范区。

两年前，我曾借道清应线去往云梦、孝感。当车行至富帮科技时，我看到路边有人在扎大棚骨架，以为是三合农民准备种植传统的大棚蔬菜。

对此，我不屑一顾。

因为这种"寿光模式"的农业技术，起源于 20 世纪的山东省寿光市。后来逐步推向全国，我早有所知。

然而，当我们昨日进入示范区了解到真实情况后，我才知道事实原来并非如此。

这个被冠以湖北番茄公社数字农场的示范园区，开了应城农业新局面，是一块数字农业、智慧农业的处女地。用大手笔、大思维、大动作来形容完全正确。

该公司成立于 2021 年 8 月，为湖北富邦科技股份有限公司全资子公司。番茄公社拟建设集农业生产、科技研发、休闲观光等多种功能为一体的综合性农业示范园区,推进数字农业进程,引领中国传统农业转型升级为智慧农业,带动农民增产增收,力争打造成全省首家高标准数字农业产业园,最终建成国家级现代数字农业示范园区。番茄公社计划分3期建设数字农业产业园示范基地建设项目,总投资5亿元,总占地面积1500亩,于2020年12月22日动工建设,目前处于第1期230亩工程建设阶段,部分工程已于2022年3月开始投入运营,已实际投资5000多万元。

技术总监是一位来自湖北咸宁的小伙子,名叫刘泉,他毕业于四川农业大学,受聘该公司主管技术的副总。

他生得眉清目秀,但长期的户外工作,导致他那张本应白皙肤嫩的脸庞有点黑。"第一期投入基本完成,效果不错。"刘泉说,"目前已经上市的农产品主要是小番茄、水果黄瓜、水培生菜和彩椒。"

为了一探究竟,我分别踏入了番茄棚和黄瓜棚。

满枝头的番茄十分诱人,我伸手摘了几个品尝,味道鲜美。见我偷嘴享受,同行的几位也放下了矜持,都顺手摘下来就吃。正在棚内做直播的美女主播迅速调整镜头,将我们这些馋嘴吃货摄入,原原本本地推到了她的粉丝面前。

在黄瓜棚内,刘泉着重为我讲述了这里来自以色列的无土栽培技术。

目前,园区种植拟采用CT扫描检测土壤养分、茎水势传感器、墒情传感器、pH与EC传感器、果实产量早期精准预测传感器、无人机采摘技术、LED灯补光、增氧消毒和微生物改善水质等先进技术。园区示范拟强调云计算、大数据、物联网、人工智能在农业生产经营管理中的运用。

刘泉的解说让我似懂非懂,这些全新的理念和专业术语让我瞠目结舌。

这几年,我受公安局党委的安排,一直在义和镇的新六村、郎君镇的知府村和鸭棚村驻村蹲点,目睹了当前农业、农村的一些现状,曾在新六村留下了 10 万字的《扶贫日志》,其中我在《惦记与思考》一文中对土地的承包权、经营权和土地流转有一些分析与思考,也发出了"谁再当农民"的考问。然而,从番茄公社的成功示范来看,我的担心是多余的。

近期我又去湖南省宁乡市看了那里的鹊山村、二泉村和沩水源村等村的相关情况。虽然这些地方很有特色,但我觉得要真正实现农业有出路、农村得发展、农民获新生,还是应当锁定智慧农业、数字农业的方向。

朋友们,现在我要告诉你们,如果你们厌倦了城里繁杂、忙碌的生活方式,如果你们想放松休闲,抑或是你们想吃到新鲜可口又价廉的水果蔬菜,那你们就驾车十几分钟,或骑上自行车、电动车花二三十分钟的时间去番茄公社吧!如果你们还想健身锻炼,徒步 1 小时也行,反正来去都方便。

西河古渡与新河彩桥

西河古渡是应城市内久负盛名的古代八景之一，我却从未探访。前几日，当继文弟和汉林兄分别带我去古渡口寻觅旧址时，除了几块斑驳的青石裸露在我的眼前外，只剩一片杂草丛生的景象映入眼帘，让人神伤。然而，这里的彩虹桥、落雁桥却让我流连忘返，也吸引了无数的市民前来观瞻和游览。这里的桥和桥的故事早已掩盖了千年古渡的盛名，成为超越历史和见证美好的应城名片之一。

西河是富水河位居城西的一段，宽不过百米，长不过公里。然而，它却阻隔着两岸人群的来往，犹如天堑横亘在古老的应城西乡之地。在生产力极低的年代，人们只有借靠舟楫来往两岸，货船成了那个时代较好的运输工具之一。西河也成了当时大富水河流域的一段黄金水道，尤为鼎盛的时期是 20 世纪二三十年代。那时，应城的膏盐开发及由此生发的民族工业都迫切需要相应发达的运输业来支撑，西河码头和驴马驮运行业便应运而生。

我是 20 世纪 90 年代进入城区的新居民，我的故乡在涢水之滨，与云梦县的隔蒲镇隔河相望，我有着在府河摆渡过河的儿时记忆。6 岁那年，父母把我从外婆身边接回来，将我送入了隔蒲镇的光明小学，我是跟在大我 4 岁的姐姐身后，夹在一群孩子中间过河上学的。摆渡人按月收费，大人一次 2 分钱，像我这样的 6 岁学童怎么交费我已没有太多的印象，但坐在那种俗称"木划子"的小船上的惊悚害怕，却成了永恒的记忆，特别是风浪起时，船体摇晃的险象久久地刻在了我的脑海。后来，在距摆渡口不过 50 米的上游有了汽车轮渡。据资料记载和老人回忆，1958 年 11 月 26 日，周恩来总理陪同朝鲜民主主义共和国领导人金日成访问应城县红旗人民公社时，就是从这里乘车轮渡过河的。再后来，我的家乡府河又修建了汉（口）丹（江）铁路桥、隔蒲潭大桥和一座动车高架桥，于是，儿时的天堑变成了通途。我想西河的古渡也应该如此吧。其实，应城境内的涢水府河、漳河及大富水河都是发源于上游随州市境内的大洪山之域，3 条河流是"打断骨头连着筋"的"亲兄弟"，只是从"娘胎"出来之后分枝散叶，各奔东西罢了。

大富水能够雄踞府河、漳河之上，被应城人民视为母亲河，是有着因果关系的。比如说她的河道在应城是最长的，流域的面积也是最广的；比如说她丰盈的乳汁给应城人的喂养是其他河流比不了的；再比如说她作为黄金水系向应城人民提供的金票银圆更是独一无二的。千百年来大富水以母亲般的柔情滋养着生生不息的应城子民，所以，她在应城人民的心中享有"尊贵"的地位。

我们现在所称的新河社区，旧时的名字叫"湾上"。大富水流经此地，不知道是眷恋这里的风水，还是因沿途劳顿放缓急行的脚步，围着这里转了个 180 度的圈，北来东去，再西上南下，又东绕西拐几个弯之后南下汉北入口。于是，大富水把新河弯成了一个 U 字形湾，湾上由此而得名。而下游的滨水之人则以自己的姓氏分别为其居住地取名为张家大湾、肖家湾、宋家湾等。

不过弯来弯去，只有湾上才是西河古渡的摆渡处。曾经，在湾上的上游,范家河、龚河、李河、魏河、韩家坝、盛家滩、巡检司一片水域河段都有渡口,其至有的地方至今还有摆渡的船只在服务着过河的人群。但是唯有西河古渡而被人们经久不息地传唱与吟咏,哪怕她的身影早已荡然无存,哪怕是她今日的身姿不再窈窕。如果你非得要弄清其中的原委,你就得下一番功夫去好好地了解一下这里的历史。无论是昔日湾上的西河古渡,还是今时新河的彩虹桥、落雁桥,都是别有一番风味,独具一方特色的骄人之地!

西河古渡起于何时?我们不得而知,也无从考究。据传是北宋大才子欧阳修捉笔题写了"西河古渡",但史书无记载,墨迹未留痕。不过从他在应城西域为叔父结庐守孝,在应城城内读书来看,他是一定会从西河古渡乘舟过河的。另有北魏的地理学家郦道元所作的《水经注》,唐代大诗人李白《安州应城玉女汤作》诗句,以及明、清两代应城本土诗人万瑞旒、王永清等人歌咏西河古渡的诗词,都为应城留下了厚重的文化。

那么,西河古渡又止于何时呢?应城美女作家张灵霞在《穿过风中的西河古渡》一文中描述了自己与摆渡人"罗爹爹"见面的场景:"老摆渡人罗毕林坐在轮椅上,似乎一直在等待着有缘人,来聆听他的讲述。"汉林兄也说西河古渡最后的摆渡人在养老院里住着。而应城市的老领导、应城市原作协主席朱木森所作的《大富水故道》一文,则把湾上至下游的老富水河的来龙去脉,以及沿河两岸的人文地理描写得更为清楚明白。1978 年大富水河改道之后,西河古渡就完成了千年的历史使命。时人在古渡口与通往城区的工农路口拦河筑坝,结束了"舟楫过往"的千年历史。湾上从此改名叫"新河"。

湾上也好,新河也罢,只是不同时期人们对这里的不同称谓罢了,地还是那块地,水还是那方水。但如今的新河,的确是"新"得让人瞠目结舌,让人赞不绝口。

连日来,我先后多次在这里游走探寻。这里的路不仅宽了,而且路面全部刷黑,路基被美化,路旁新栽了花草植被,名贵树木满眼皆是;这里建设得更美了,二三十层的高楼大厦直冲云天,还有文化长廊、休闲广场,以及沿河修建的漂亮步道,让黑夜亮如白天的太阳能日光灯,都让人耳目一新。而在这些巨大的演变中最让我享受的是这里的桥。

大富水从田店镇八斗山进入应城以来,沿河两岸先后修建了很多的桥,如田店镇的跨河大桥,畅马村的滚水坝,汪樊村的漫水桥,范河村的老铁桥,还有应城富水河上最早修建的一桥,2022 年翻修加宽的应城二桥,以及大富水故道上的肖湾桥、周陈桥、黄滩桥、新垸桥等大小桥梁,我都曾走过。然而,在我心中只有新河的彩虹桥和落雁桥才最有特色,最为美丽。

2013 年以来,新河社区契合民意,顺应民心,把棚户改造列为发展的重点,用 10 年的时间在西河古渡重塑了一个新的地标。而彩虹桥和落雁桥,以及正在修建中的湾上桥则把这个古老的滨水码头装点得让人瞩目!

彩虹桥即新河桥,她是新河通往汉宜公路,连接肖湾路直抵应城南部开发区域的连通桥。因桥上两边的 26 根立柱造型呈现出一个三角椭圆的形状,上面装有并联的霓虹彩灯,每到傍晚,桥上桥下那五光十色的美景特别迷人,于是游人便将其称为彩虹桥。

落雁桥则坐落在新河社区与碾屋社区的接壤处,从这里穿过大富水河故道即达光明街,去新老城区非常便捷。西岸为过去的丁家湾,东岸则是碾屋社区的陈余湾。因为桥的美丽,加上"陈余"为

"沉鱼"的谐音,人们便给这座新桥取名为"落雁桥"。设计师将落雁桥的桥面两边设计成拱形的木质结构,上端是雕梁画栋的彩绘图案,另在拱形棚面上装有4个对称的仿古楼角,棚面是华丽的琉璃瓦顶。桥下3个圆孔在夜光照耀下好似展翅的飞雁。桥端临水的两边都有约50米长、1.8米宽的廊桥,廊桥上共有4个观景台。在此驻足观景,不是享受小桥流水的意境,而是那些自由自在的天然鱼类吸引着我的眼球,清水小刁和结伴而行的过河之鲫大片大片地浮游在水面,我因能够与这些语言不通的"小家伙"在这里和谐相处而心情无比舒畅!

近两年来,新河的发展变化真是让人刮目相看,桥的发展变化只是所有变化中的一个侧面。这些发展变化的推手是应城市委、市政府"一带十园"的全面实施,还有水系联通暨水美乡村建设的整体落实。

由此可见,西河古渡与新河彩桥简直是天壤之别。试问:曾经繁华的湾上老街和百舸争流的西河码头能与今天相比吗?

为母亲祝寿

年近六旬了，我还从未当面祝福我的母亲"母亲节快乐"，当又一个母亲节来临时，我想说点心里话。

2021 年 2 月 18 日是母亲 80 岁的生日，现在她应该是 81 岁了，正月初五我便张罗着为她举办一个既简朴又欢快的生日宴，她不允许，我却执意要办。其实就是我去买点鲜蔬，再将春节置办的腊货、卤菜拿出来，妻在家一鼓捣就成了。我提前在"一家亲"群里发了信息，号召能参与的尽量参与，不能参与的发条短信、打个电话祝福一声，而且再三强调不要任何礼物，连蛋糕"舅妈也准备好了"。可是真正参加的人数还是少了三分之一。

我觉得当今生活节奏加快了，每个人的生活压力也增大了，这是好事；转而又想，每个人都是母亲"身上的肉"，母爱不能缺失，爱母也同样不能缺失。我的母亲是一个大字不识的农村女人，从小就失去了父亲，缺少父爱，靠 29 岁就守寡的外婆养大。她和我的外婆无数次跟我讲述那些艰难的过往，以至外婆死后近 30 年了我还在后悔自己没有向外婆尽好孝道。

今晨我又去看了母亲，寒暄之后，我习惯性地去了她每日必去侍弄的菜地，一个不足 30 平方米的矩形洼地被她分割成不同的方块，并播种了时令蔬菜，芋头、茄子、番茄、竹叶菜，还有一些刚刚出土认不出是什么品种的小嫩苗。这里曾是一块废弃的砖渣地，当初为了开发种菜，少说也清走了2吨重的碎砖乱瓦，她和父亲终于演绎了一场现代版的《愚公移山》。

之前，她和父亲还开垦了好多的荒地，在我们长久的劝说、阻拦下，她才答应只留下这块菜地。去年夏日，天气炎热难耐，母亲怕晒死了菜地里的菜苗，竟一个人提水浇菜，平均每天要提四五十桶，总量接近1吨，80岁的她终于累倒了。"喜华，妈的腰疼得不能起床了。"我在杭州萧山机场接到姐姐的电话后，先是一惊，后又冷静下来，问："是什么原因引起的疼痛？"姐姐在电话中支支吾吾地说："可能是提水浇菜引起的，这么热的天，她一天提几十桶。"我当即跟认识的骨科张主任电话联系，他在医院门口迎接了母亲，问明情况判断没有大碍，就开了处方，嘱咐回家静躺。半个月后母亲的疼痛逐渐消失，康复痊愈。

母亲的固执我是深有体会的，你不让她种地就像"动了她心中的祖坟"，也像"夺了她的孩儿"，并且老太太一天不动动身子骨，就会感觉很不舒服，一周不动就会生病，所以我只得妥协，劝她仅留一块"荣身地"，并要劳逸结合，劳动适度。

我想母亲并不需要我们在母亲节去向她表白祝福。每一个孩儿诚实做人，认真做事，管好自己，管好家庭，平平安安，才是母亲最大的幸福和快乐！

母亲，你的儿子，祝福你健康长寿！

一位养殖小白鼠的业主
——李军超小记

一个多月前，我得知 C6 栋的业主李军超在老家养殖小白鼠，十分好奇，但好几次约着见面都因他忙而未能如愿。昨天我们一行4 人在海山食堂吃罢午饭，就主动电话预约，提出去他的小白鼠养殖基地与他见面，他同意了。

从海山出发，沿长荆大道，右拐进入世纪大道，在黄滩路口左行至同岭小学（原庐庙高中），导航就出现了盲区，张凯斌不断地与他电话联系，最终我们经过几次的折转、掉头，才找到了他位于黄滩镇大张村小张湾的养殖基地。

从 2021 年 10 月份购置的 1200 只"昆明"小白鼠起步，短短的八九个月时间，李军超的小白鼠养殖业便发展到了血清鼠养殖 8 万尾（只），卖种鼠 3 万尾，产值 100 多万元，利润十分可观。

"目前，小白鼠的用途主要有三个方面：一是实验鼠；二是活体饲料；三是血清鼠。"李军超俨然成了业界的大佬，提起小白鼠便滔滔不绝，"我们的养殖公司主要是提供种鼠，提供血清。"

由于发展迅速，其公司已经注册了"湖北省应城市永昌生物科技小白鼠养殖合作社"，在一栋 4 层楼房的底层。我们步入室内，看到一排排的立架上搁置了许多红色的塑料盆，每个盆子里都酣睡着小白鼠，我们的突然到访和我们的大声喧哗惊动了这些正在睡眠的"小精灵"，于是有些"小调皮"便翻身起来，毫不惊慌地迎接着我们几个不速之客。它们时而扒在铁丝网上向我们张望，时而在盆内跳动，像是一种载歌载舞的欢迎仪式。

该养殖场是今年才扩建起来的，院内南侧又在扩建新的养殖房，我想他们的小白鼠养殖业势必有着良好的发展前景。

随后，我们又来到相距200米的初建养殖场，这里既是提供种鼠的繁殖场，也是采集血清的养殖场。去年10月份，李军超跟其合伙人陈乔共投资6000元，买了1200只小白鼠回来试养，一试就一发不可收。他们自己饲养，自己繁殖，在短短的几个月时间中，不仅养殖技术得到了全面的提升，而且养殖的规模也得到了迅速的发展。我问了下小白鼠的繁殖情况，军超说："第一批从雌鼠受精开始，35天左右就可生产，每胎8至10只，接着受孕，第二次生产只需22天左右，繁殖周期短，繁殖速度快。雄性雌性交配为一比三。"目前，他们已向外提供了3万只种鼠，仅此便能收入40余万元。

他把我们带到了血清采集点，只见3名女工熟练地抓起小白鼠，用一根特制针头在小白鼠的右耳旁轻轻一扎，鲜红的血液就滴落下来，每只小鼠平均滴落七八滴就够了，过度采集会伤到小白鼠的身体，造成病亡。采集的血液再经过提纯加工，便能获得可以出售的商品血清。我们看到的3名采集工都是农村大嫂，她们的工资计件发放，一个熟练工每天可以赚到280元的薪水，照此计算，一个月的满勤就可拿到约8000元的月薪，按照目前的采集量，公司仅血清收入日均纯利润在1200元左右。

据介绍，小白鼠养殖业的技术要求并不高，而且成本低，利润高。军超说现在应城的养殖户大约有2500家，大多数都是夫妻档在家进行养殖，他们虽然起步较晚，但是目前的规模已经遥遥领先。下一步他们打算通过成立合作社的方式，带动更多的农户参与生物小白鼠的养殖事业，其养殖计划已经得到有关方面的认可与扶持，我们相信他们的事业能够得到发展，也希望他们能够带动更多的农户创业和就业。

从无极到鹿泉

一

30多年前,一本《无极之路》将冀中地区的小县无极县炒得沸沸扬扬,其中主人公刘日时任县委书记,他有一位门客叫邱满囤(dùn)。他是一个地地道道的农民,可就是这个冀中汉子却在无极、石家庄、河北省乃至中国约960万平方公里的土地上掀起了轩然大波,一时间成为各大媒体争相报道的人物。

邱满囤的爹期盼他日后粮食堆满仓,生活富足无忧,但他爹没有等到那一天就抛妻别子撒手人寰,这导致年幼的邱满囤失学并随着两个姐姐来到了无极县郝庄乡大陈村的姥姥家生活。邱满囤成年后去部队服役了4年,结婚后他没有把心思用到养家糊口的正道上,却在家里养起了老鼠。由于他的痴迷,妻子离他而去,祖宗留下的几间旧房也因生活所迫,被他全部卖掉,最后他不得不离开故土,先后在河北、山东、山西、陕西、甘肃等省以卖鼠药为生。直到20世纪80年代,年过半百的邱满囤才时来运转,在陕西境内遇到了一个好心的寡妇,有了一个栖身的家,从那以后,他养鼠、灭鼠的经历翻开了新的一页,他的人生迈入了一个新的征程。

1987年,小有成就的邱满囤被县委书记刘日派人请回了无极县老家。刘日在亲自观摩了邱满囤的灭鼠表演后,为他施展拳脚提供了一个强大的支撑平台,也将他的名字连同他的灭鼠事业推向了全国,推向了世界,让他大红大紫了一番,以至现今河北境内还处处都能听说他的名字。那么,邱满囤如今咋样?也许你会好奇,也许你会不屑一顾,也许你会跟我一样苦苦地寻找他的过往和踪迹。是的,我认为无论是刘日也好,邱满囤也罢,都值得我们去一探虚实,去一追到底。等你弄明白了,想清楚了,也许内心深处会有一道护身的符咒,也许你会从中领悟到很多做人、做事的道理与法则,等着吧,等着我的下次分解。

二

刘日还在正定县,我未能见到如今 73 岁的他;邱满囤已经走了,85 岁的他死在了陕西省大荔县。从相关资料上看,刘日离开无极县委书记的岗位时才 44 岁,调到河北省某高校任副职,从教育战线转入仕途,最终又回到了教育的岗位,职级明确为副厅,退休后被聘任为国务院参事。而邱满囤在刘日离开县委书记的岗位后,其事业和人生又发生了天翻地覆的变化。

我有幸通过宋总在茫茫的燕赵大地找到了 60 岁出头的荆新路先生,他以一副庄稼汉的形象来到了我的面前。他个子不高,貌不惊人,身边带着一个戴着眼镜的女人,女人没有娇弱之态,朴实而端庄,总是含情脉脉地注视着与我们交谈的荆新路先生。那天下午,他们驾驶着轿车而来,一顿丰盛的牛羊肉大餐让我们啧啧称道,"的确好吃"。餐后,荆新路用他的轿车载上我们从正定县到他在鹿泉区的居所,偌大的后院停着两台轿车、一台越野车,院外还有两台面包车。几十年来,他靠师傅邱满囤传授的方法,凭着自己的韧劲,不断地实践和揣摩,走上了"灭鼠拍蝇"的谋生之路。我们是靠手机联系上的,我在无极,他在山东。"喂,请问你是荆新路吗?"我问。"我是。请问你是谁?"他回。我们两个完全陌生的人就这样认识了,当时他正在外地灭鼠,我们约定次日下午在石家庄见面。

他和那个女人驱车来到了我下榻的宾馆,在3个多小时的交流中,我得知了邱满囤的结局。以前,我知道邱老爷子状告5位科学家以一审胜诉,又以重审败诉而跌入低谷的往事。我也知道邱满囤的案件引起了当时的中科院院长,还有当时的国家科委主任的关注和重视,可是这位鼎鼎大名的农民,这位名传神州的灭鼠大王,终究带着他的灭鼠梦连同他一辈子研究得来的灭鼠经验离开了人间。在正定县我游历了"荣国府",这是由时任县委书记的习近平亲自拍板立项,由时任县委副书记、县委政法委书记刘日为指挥长建造起来的宏大建筑,当初耗资47万元,那现在呢?导游说,2019年的旅游收入是1.6亿,2020年是从5月1日对外开放的,当年的旅游收入是1.2亿。这些数据令我感到有点惊讶,我更惊讶的是,无论在正定县还是无极县,你若问:"请问你知道刘日这个人吗?"回答多是:"不知道,不知道。"对方的头摇得像拨浪鼓似的,很是漠然。

从无极县到鹿泉区,我好像是坐了一趟过山车似的。

未了高关情

"我想去高关看看。"父亲突然对我说了一个心愿,58天后,病入膏肓的父亲就永远闭上了双眼。作为他唯一的儿子,我实在是没有办法阻止他的死亡,但在他离开这个世界之前我尽了最大的努力去满足他的心愿。父亲一生坎坷,经历了很多世事,也参与修建过很多的水利工程,那他临终前为什么提出要看高关水库呢?难道那里有什么秘密?我心里一直犯嘀咕。

那天,我开车,载上老爷子、老太太还有他们唯一的孙子,一起来到了京山市三阳镇境内的高关水库。一路上,父亲对高关的往事,记忆犹新,不停地向我们絮叨着,好不欢喜。然而在大坝上,他却看着满库的碧水,凝视那远方雾气蒙蒙的库中山峦,变得沉默起来。不知是不是旧地重游,让他触景生情,83岁高龄的老父亲想起了47年前的那个热火朝天的场面,那些过往的云烟。

父亲的沉思也把我带入了那个遥远的大喊"人定胜天"的时代。

当年8万水利大军,从应城徒步100多里去修筑高关水库,父亲时年35岁,我才7岁。出发的那天父亲跑到村办小学把我从班上叫出来,嘱咐道:"我去高关了,你不要玩水,晚上把门关好。"懵懂的我只顾点头,也不知道高关是哪里,他去那里干什么;只知道村里好多的人都去了高关,过年也没有回来。34岁的大叔没去,但他 15 岁的长子去了，我 23 岁的幺叔也去了。幺叔当时在工地上任排长，负责组织本生产队的社员参与大坝施工任务；大叔在大队任会计，负责组织大坝连队民工的后勤供应工作。时年 29 岁的母亲和 23 岁的幺婶留在了后方。整个村子里成年和即将成年的男人几乎都去了高关，后方似乎瞬间就变得不安全起来，若是只剩下妇孺的村子里出现了歹人，发生了火灾怎么办？于是母亲加入了"打更"的行列。"各家各户，防火防盗，注意安全！"我跟在母亲的身后也不停地吆喝着，手里还拿着一根竹质扁担，用木钩或木棍在扁担上有节奏地敲打。顿时，"当、当"的声音划破宁静的夜空，和着我们的吆喝传遍了整个村落。

巡逻"打更"，较好地维护了村子里的治安，可是水利工地上却不断地传回噩耗："××大队塌方一下死了两个。""××被突然炸响的'哑炮'当场炸死。""绞钩断了，有人被板车碾死了。"这些传回的消息让后方的少妇们听了直打寒战，有的在家偷偷烧香拜佛，祈祷自己的男人能够平平安安。同学老佑的父亲被塌方的石块砸中了脑袋，当场死亡。更可怜的是老佑当时才 6 岁，他的妹妹还在母亲的腹中即将临盆。我前后屋的祥哥当年 18 岁，他跟我堂兄负责放炮炸山，在修理羊镐时被飞溅的铁屑射中了眼球，左眼从此失去了光明。时隔 34 年后，已步入领导岗位的老佑去了高关水库。"我买了一挂 2 万响的爆竹在水库大坝上燃放。"说这话时老佑没有多少痛苦的表情，但稍后表情似乎又凝重起来，双眼也随之浮现光亮。他是否想起了当年父亲死后，他们兄妹仨与年轻的母亲那穷困潦倒的生活呢？前些年祥哥也从一个工地的高塔上掉下来了，一个 60 岁开外又失去一只眼睛的老人怎能去高空作业哟？但我转而又想到他和他的家人没有任何福利待遇，为了谋生，只能去工作赚钱。

父亲走后，我有意无意地关注起高关水库来了，我开始搜寻资料，追溯着它的过往，了解它的历史，也憧憬着它的未来。我发现不仅仅父亲有着深深的高关情结，也不仅仅我们一家人参与了高关水库建设，还有整个村湾，整个应城人民的共同投入。在"水利是农业的根本命脉"这一号召下，应城人民参与建设了京山市境内的惠田水库、郑家河水库和高关水库，尤以高关水库投入最多、条件最苦、牺牲最大。所以至今京（山）应（城）两市人民口中还流传着"应城人民干劲大，三年修了两个坝"的美赞！从首次陪父亲去看高关水库，在 3 年多的时间里我总共去了 8 次。每次都能在大坝上碰到来自应城的游访客人。

2022 年"五一"前夕我又连续去了两次。4 月 16 日，高关水库管理局组织京山、应城两个市的部分作协会员开展"回眸峥嵘岁月，展望高关未来"的大型笔会活动，我受邀参加。4 月 29 日，我驾车载着堂兄等几名当年参加高关水库的建设者，再次去了这个全省唯一直管的中型水库。我的车刚刚停下，便有 3 个应城籍的游客过来打招呼：

"你们也是应城的吧？"

"是啊，你们怎么一下就认出来了？"

"这一排车子都是我们应城的车牌号。"

我恍然大悟，这就是半个多世纪以来仍然凝聚在应城人民心头挥之不去的高关情结。

至此，我也明白了父亲为什么去了韶山冲毛主席故居、炭子冲刘少奇故居和淮安市周恩来故居，去了毛主席纪念堂、人民大会堂、天安门广场之后，在人生的尽头还想去高关走一走、看一看。那之后的50多天父亲再也没有向我提出任何要求，表达任何愿望，走的时候非常安祥，思维非常清楚，直至最后拼尽全力地安排我："回……去……在……门口……码几块、几块砖。"这就是当年在高关水库建设工地上靠着几块咸菜，一天就能吃3斤米饭的父亲，最后给我留下来的一句话，从那个物资匮乏的年代过来，又经受了建设高关水库艰苦磨砺的父亲怕我为他的丧事奢侈浪费，要我回老家就地起灶生厨，而不要去餐厅大操大办，我遵从了他的遗愿，我也读懂了他心中的秘密。

原来父亲、母亲是要他们的儿子、孙子去那里接受传统的，而且是人生不可缺失的伟大教育。

如今，父亲走了，但他和他那一代人留下的高关精神永在！高关精神也是京(山)应(城)人民永远不能忘怀的情感纽带！

静悄悄的早晨为谁忙

遵医嘱,今晨4:04我便起床前往医院查糖耐量,利用这个早起的时间我留意观察了那些与我擦肩而过,或我可视范围内的早忙人,并且思考:他们在为谁而忙?

4:32,我走出海山小区的南门,门卫室有人说话,我推开虚掩的门板,看见两名保安在室内,背对我,我没有打扰他们,打开院门走出了小区。当出租车行至王桥路与城南大道交叉口时,遇红灯停车,此时一个熟悉的身影骑着电动车从车前疾驰而过,她是一名早点店的打工者。在二中碾屋巷,在医院大门口,一些出早摊的人要么生着炉火,要么做着迎接顾客的各种准备,还有推着满满蔬菜的三轮车,以及挑着竹筐的赶集人,他们都是这个早晨的忙碌人。

4:59,我踏入了医院门诊楼的大门,见急诊室的值班医生正在与一名患者交流。我踏入电梯直上5楼,电梯轿厢有管理员的一个简易折叠椅,管理员可能刚离开。住院部的护士睡眼蒙眬地听我说明情况后,先拿出针管为我抽了一管血,随即找出昨天下午我从药房领来的葡萄糖溶液,要我全部喝下,之后告知我在6:07、7:07和8:07再来护士站分别抽取血样。

回到病房,保洁员也开始在楼道、厕所及各个病房和医务室内打扫卫生,忙得不亦乐乎。此时窗外的天空也露出了鱼肚白,我眺望着远方的黎明,我的脑海里回想着这些早起的人,他们是不是属于"有虫吃的早起鸟儿"?我想也许是,也许不是。他们的劳动应该是既为己,也为人,因为没有这些人的劳动和付出,就没有小区的安定,就没有人们的便利生活,患者也无法受到的良好服务。他们的勤劳和辛苦既为私,也为公。没有私,哪有公?私与公是相辅相成的对立统一体,私是个体的存在,公是私的集合。

想想那些奋战在各条战线、各个岗位的英雄,想想这些早起的人,我们就不难理解他们是在为谁而忙了。

登高才能望远,放开胸怀方能撑起肚量,人要明白。

相遇在黎明前的病房

凌晨 5:03,拖地的声音将病床上的我惊醒,起初我以为是隔壁的病友发出的声音,接着又有清理垃圾桶的声音传入病房,我再也睡不着了,便翻身下床,好奇地从病房门上的探视玻璃窗朝外面走道张望。只见斜对面有一个身穿黄色马夹、绿色长裤的老妇人蹑手蹑脚地扶着病房门的扶手,观察病房里的动静,然后推门而入。我知道那老妇人是做卫生的保洁员。待我洗漱完毕坐在房间拿着手机"码字"时,老妇人又不声不响地来到了我的病房,手持拖把默默地从病房东头拖到了我的跟前,我因正在写作兴头没有起身,她便伛偻着身子拖我的床下和座位下勾着拖擦,在她一推一拉的连贯动作中我猛然醒悟,问道:"要我让一下吗?""算了,算了。"老妇人倒觉得是她打扰了我的清静,一边回答着我的问话,一边迅速地离开了我的病房。

6:10,写完《最可怕的东西是什么?》之后,我在走道散步晨练。在厕所与胃镜室夹角处的长条凳子上,一个瘦黑的老妇人在吃着两块小甜点,身旁放着黄马夹,同样穿着一条绿色长裤子。待我走了两圈之后,此处又来了她的两位同伴,一个吃着膨胀发干的热干面,一个吃着从家里带来的米饭和几块没有放酱油的浅色榨菜片,两人慢慢地吞咽着各自的食物。我因前不久与自己所住小区的保洁员进行了一次长谈，知道他们是廉价而不被一些人重视的现代"包身工"，往往是受雇于一些保洁公司，而用人单位则是将"劳务"打包给保洁公司，公司将这些保洁员分配到用人单位去，于是这些保洁员的薪水就会与实际付出不匹配，劳动价值就会贬值，而由他们创造的剩余价值就落入了公司的"腰包"。而且他们的地位很低，用人单位随时可以辞退他们，有的业主或服务对象也常常会向他们发出刺耳的斥责，甚至是谩骂。我知道他们的境遇，也有一些怜悯和同情，趁着他们吃饭休息的短暂停歇与他们 3 人作了一番交流。

吃甜点的瘦黑妇人姓吴，来自天鹅镇，今年 69 岁，有 2 个女儿、1 个儿子，而且她儿子我认识，现供职于城关某机关，她已有了玄孙辈。吃热干面的是汪婆，68 岁，杨岭潘集人，膝下一儿一女都在外面打工，内孙都 18 岁了，她的女儿、女婿我也认识，在城关某菜市场做鲜鱼批发生意。另一位姓万，也是 68 岁，居住在长湖村，一儿一女都有工作。她们每天凌晨 5：00 即开始在各自负责的区域打扫拖抹，上午 11：00 左右下班，下午 1：00 上班，4：30 左右下班，劳动时间为 9 个半小时，从公司去各自负责的区域的时间最近的也得 1 个小时，每天要走两个来回，而她们每月的薪水只有 1450 元。

这个清晨我与 3 个年近七旬的老人相遇，是缘分，更是一种觉醒。她们的出现让我看到了社会基层劳动者的艰辛与困苦，与她们的交流让我明白了人生的意义在于创造，为自己创造生活与美好，为社会创造幸福与和谐。由此我进一步明白了"劳动者是最光荣的"这句话。更让我深思的是：为什么总有人对这些底层劳动者投以蔑视的眼光？我认为这些劳动者的心灵美极了。

请大家对这些吃着冰凉的食品，拿着低廉的薪水，做着保洁的人多一些包容，少一些指责；多一些关爱，少一些索取吧！

又是清明临近时

这个周末又是清明节了，随着年龄的增长我越发怀念故去的先祖，怀想着他们的勤勉，思考着他们的教诲。常常听父亲讲曾祖父力大而性暴，曾祖母心慈而性柔，大祖父则承曾祖母之性，人厚道，内心也还算强大，写得一手好字，方圆十里八里有人请他行礼，有人请他写春联，可惜48岁就患病逝去。大祖母守寡多年，拉扯着自己的两子一女成人，还关心着我的父亲、幺叔和3个姑姑的成长，在那个生活极度贫困的岁月实属难得。她寿终83岁，去世前一直关心着我的婚姻大事。大祖母是我们这个家族很值得纪念的老人，性烈如伟丈夫，心有荫庇所有后生的仁慈，80多岁了还烧饭、养猪、洗衣，操持着一大家子的生活琐事，临终前都没有停止劳作。我目睹过她的勤劳，也领教过她的霸气，我非常非常怀念她，我们所有的后人都非常非常怀念她。几十年了，大祖母勤劳、不屈服的精神一直激励着我。我的祖父则承了曾祖父的性刚，他在祖母死后鳏居多年而未续弦，祖母死于难产，时年才35岁；祖父死于1966年，时年53岁。但有两件事我认为要用文字记录一下，一件事是曾祖父在吵架中将曾祖母推倒而摔折了腿，另一件是我的祖父在吵架中失手将祖母的胳膊打断了，这是值得记住而不可再在家族中发生的事情。曾祖母杨氏为汉川市刘家隔杨家台子的人，我的祖母朱氏为东马坊朱前村人（旧时为三合区）。

在这个清明节里，我还是要特意写写我的父亲，他有很多的长处，也有我不认同的短处。即便如此，父亲的人生对我的人生也是大有裨益的。我能从中悟道，我能从中洗去自己灵魂上的污浊，能扬己长、避己短，父亲就是我做人做事的一面镜子。前天带妈妈和姐姐、幺妹去天门看中医时，我们在车上谈到了父亲，我说父亲是"农村中算得上比较精明的人"，母亲接了一句话："他会做小生意。"母亲这话虽没有否定我的话，但让我的话缩了水。父母的一生都在磕磕碰碰中度过，总有扯不完的嘴，吵不完的架，但他们又谁也离不开谁，特别是晚年的父亲，如果没有母亲他会寸步难行。年轻时我是偏向母亲的，总认为父亲不对，后来我逐渐认识到有时矛盾的爆发点在母亲身上，于是我回到了一分为二的观点上，是谁的不对就批评谁。跟我也吵了几十年的父亲在最后的几年中不跟我吵了，也比较听我的了，有时我说到他的不足时他再也不向我发火了，偶尔他还会被逗乐。我深深地爱着我的父亲母亲，他们都非常勤劳，十分节俭，一个精明过人不上当，一个厚道实诚不讹人。父亲母亲的那些优点我们当发扬光大，父亲母亲的缺点我们当引以为戒。

这个清明节我们每个人在祭祀先祖的同时，都应当清明时节思"清明"，真正清清楚楚、明明白白地做好自己的人，做好自己的事！

永远的牵挂

"慈母手中线，游子身上衣。"那么，慈父呢？中国传统家庭大多都是严父慈母的模式，其实父亲的严也是慈爱的一种表现形式。我的爷爷对我的父亲是这样的表现，我的父亲对我也是这样的表现，我对我的孩子还是这样的表现。有段时间我一直在反思，这样的教育方法是不是有问题？可是我仔细考虑后又觉得没有问题。在反思的那个时期，我放松了督促，有一个引导和管理孩子的空窗期，结果错过了我们都应该完成而未完成的人生任务，现在想想很是后悔。

"儿子要穷养，姑娘要富养。"这句话在民间广为流传，也广为人效仿。我动手打过儿子，和父亲打我一样，下手很重，但比父亲打我的次数少多了。我记得最严厉的有两次，这两次我打过儿子后，曾私下里掉过眼泪的，至今回想也是常常眼眶潮湿，内疚自责。

"严是爱，宽是害。""棍棒底下出孝子。""不打不成人。"这些话常常支持着我的行为，于是在后悔中我又能找到些许安慰。其实我也并非莽撞之父，我对孩子也并非没有"仁政"。1999 年底在儿子 10 岁生日前我们有一次交流，主题是"十年树木，百年树人"。我承诺再不会动手打他，真的就一直未打过他。2008 年 8 月底我们又一次深入交流，主题是"保全生命第一，学习次之"，最后，我给儿子送了一句话："当前的事立即做,将来的事现在做。"前天我们又交流了一次,主题是"不要思想浮躁,不要耗费身体,不要耽误时光,不要放弃追求"。这一次的谈话最顺利,而且昨天在车上我问儿子对我们的谈话主题思考了没有,他答曰:"考虑了。思想是先导,身体是基础,时间是客观条件,追求是主观条件。"听完,我的心里荡漾着喜悦。但愿我的苦心能有收获,我已经等待和观望很久了。

传承百年的何氏炒米糖

纯手工制作的炒米糖(也叫炒米糕或麻糖)是很好吃的,在我的童年记忆中简直是绝味。母亲把糯米蒸熟后阴干成阴米,再用土灶制成炒米,炒时还要放上少量的黄沙一块炒。外婆则负责熬制糖浆,先把小麦泡了,用布将其包好放在被窝里保温,待长出麦芽后掺和到煮熟的米中(为了节约一般都是用细杂米,也有条件好的人家用好大米)让其发酵,然后再倒入锅中用水煮、过滤,将滤出来的水继续慢慢熬制成黏稠状的糖浆,一大锅水才熬得一大碗糖浆。最后,她们将炒米倒入锅中与糖浆一同翻炒,再盛起来放到簸箕里用擀面棍碾平冷却,用刀切成长条块或正方块,炒米糖就做好了。整个操作程序比我写的还要复杂很多,特别是熬制麦芽糖的技术有很多的奥妙,一般人难以掌握。没想到时隔近 50 年后,我又在何长发的作坊里看到这种技艺。

昨天我在同事肖社红的引领下驱车 20 公里,从应城城区前往田店镇长李村的何家湾专门购买了何氏炒米和炒米糖。炒米是我跟女主人畅元香理论了一番才卖给我的,因为"炒米不卖"。她家的炒米和其他地方卖的炒米是不一样的,她家的炒米微黄,有少许烟粒掺杂其间,颗粒相对小一点;而炒米是全白色,颗粒饱满,相对大一点,很好看,但吃起来味道比前者差多了。前者干着吃有明显的焦香味，耐咀嚼，开水泡着吃不沉淀，而后者则是无香味，易沉淀，泡一会就像粥一样，不好吃，制作成麻糕也没有前者的那种焦香味。究其原因，何家自制的炒米好在四点：一是何家的糯米不一样，二是纯手工工艺，三是熬制的糖浆是纯大米麦芽糖，四是使用是原始的土锅土灶。当然还有一些祖传的秘方，我们不得而知，我们只在一个操作间里看到了熬制糖浆的三口大锅和三台土灶，一个约莫50岁的妇女一边在锅里搅拌，一边用铝制的瓢舀起少许糖水让我们试喝，还说"这种糖水喝了止咳的效果蛮好"。在这个操作间的左边堆放了一些熬制成型的老糖（即干糖块），还有用袋子装好的炒米糖和用塑料瓶装的嫩糖（即稀糖浆）。一个年龄稍长、瘦削而精神的红衣男子边捣碎糖块，边与我们闲聊，说他们都是在这里打工的长李村村民。正说话间，老板何长发提着个黑色皮包走了进来，于是我跟他扯上了话题。何氏炒米糖源于邻近的斋李村，里面蕴藏着一家四代人的百年故事。

何长发的母亲李东伢是田店镇斋李村的老姑娘，今年已满84岁。我在长发老弟的带领下见到了这个饱经风霜的老人，她双腿瘫痪，坐在门前的轮椅上，右眼有明显的白内障，眼珠微凸，脸颊似有轻微面瘫，略有点耳闭，但不影响我们交流。她17岁嫁到何家，跟何长发的父亲何荣中共同养育了5个子女。那时家里不仅缺钱，而且少米，如果不想办法挣钱，一家人就要饿肚子。于是她回娘家找父亲学到了做炒米糖的手艺，何家就是靠着她从娘家学来的这门手艺度过了那段艰难岁月。

改革开放后，一家人都投入其中，一起制作炒米糖，但只有何长发、畅元香学得了这门手艺的真谛。如今他们的儿子何露已从父母的手中接过了接力棒，成了何氏炒米糖的第四代嫡传继承人，而且也不是过去他爷爷奶奶那种挑村串户的小本生意了，他把炒米糖的生意做成了初具规模的产业。

我们没有见到何露本人，他开车送货去了。我要了他的名片，打算适当时候再相邀聊聊。现时正是生产、销售炒米糖旺季，我衷心祝愿何氏炒米糖"甜满人间，香飘万家"。

母亲安康我无忧

父亲去世不到 1 年的时间，母亲又病了，而且病得很重。小时在乡下有老人说"秤不离砣，爹不离婆，老伴走一个另一个会跟着走"，于是我担心母亲会步父之后尘而去。母亲让我将她送回老家，我只好照办。那天，她虔诚地跪下，并不断地念叨着求老天把她"接走""快点接走"。我也觉得她的身子骨不行了，没打算再送医院，可是，姐姐来电话说"妈很难受"，为了减轻她的痛苦，我又将她送进了市人民医院。医生把原来吃的药都停下来了，这一停她的症状反而好一些了，再经过点滴辅助治疗，她的身体竟然逐渐恢复起来了。出院后，我又去中医院开了中药，老妈一连吃了 40 服中药后，奇迹般地又开始下地种菜了，两年多来我担心的事情没有发生。

妈在家就在，每周我都要去看她两三次，跟她买早餐，她唠叨贵了："一碗十几块，再不买了。"买的药医嘱一天要吃 3 次，她却只吃 2 次，想节约 1 次，桌子上的饭菜总是有剩的，她又不舍丢掉。母亲就是这样勤劳节俭地生活了一辈子，我们无法改变她的生活习惯，只要她高兴，她愿意怎么活就让她怎么活吧，六十耳顺，七十随心所欲，何况她是 80 岁的耄耋之人了，如果她能活到米寿、白寿之年，我们家四世同堂，该多好啊！母亲的节俭、母亲的劳作，还有母亲的善良都会使她延年益寿,我期盼着她保持健康,因为那是她最大的福气,也是我最好的安慰!

楚珍园

受球友之邀，今天我们一行 14 人驱车去了城郊西端的楚珍园。自汤池温泉旅游开发热以来，这里已有矿山公园、楚珍园、动漫风情街、西街、龙池山庄等不同风格、不同规模、不同内容的旅游景点与休闲场所。楚珍园是继汤池温泉旅游度假风景区和应城国家矿山公园旅游度假区开放营业之后的又一重要旅游景点，园区面积 2100 余亩，现有采摘、休闲、观赏、垂钓等近 20 个游乐活动。欣闻"五一"小长假第一天这里的游客呈"井喷式"增长，吸引游客 2 万余人，堵车长龙东自汤八线起，西至杨岭藩集街，绵延几公里。人山人海，好不壮观。我与同伴门前留影，入园赏景，相互拍照，拍发视频，凑了一阵热闹，我便独自一人去了牵手广场。

在广场西边的秋千板上坐下，我开始冷静下来，园内的人、事、景便浮现脑海。不是我要在此"冷眼向江洋"地肉中挑刺，而是有些游客的行为的确煞风景，伤了生态，生了缺憾，一片片的花草被踩踏，一束束的鲜花被采摘，玩的人心安理得、乐在其中，管的人麻木不仁、熟视无睹。朋友，如果这里是你家里的后花园，你会这样糟践它吗？你要知道，这是倾注了很多人心血的艺术品，是匠心独运的作品！

"知足知不足，有为有弗为。"审之，慎之，做之，避之，每每思之。

亲爱的同学,你们在哪?

在这个春风和煦、万物复苏的季节里,在这个明月当空、恬静优雅的时候,我,作为双墩中学 79 届毕业的学生之一,非常期待昔日同窗再聚会;我,作为"双墩那些年"聊天群的发起人,比任何人都更加期待 40 年前为了求学圆梦而相会在双墩的你、我、他(她)能再次一个不少地相见。亲爱的同学,你们在哪?

40 年前,我们分别从周围 20 多个村庄,踏着几里、十几里、二十几里甚至三十几里的羊肠小道,背着书包,拎着瓶装的咸菜,怀揣同一个梦想聚到了一起。那时我们都是十五六岁的娃娃,没有父母的接送,没有买饭的余钱,更没有买零食的"碎银",甚至大多数同学连买点"奢侈"的学习用品都无法如愿。绝大多数同学都是风里来雨里去,远道的同学都是凌晨三四点起床赶着去学校。那种苦,是现在孩子们无法想象,更不可能体会的。记得有一次,因为家里没有时钟,我从老家吴台步行 30 多里路来到学校时天还未亮,而且走到半路上突然下起了瓢泼大雨,把我淋成了落汤鸡,结果染上了一场大病(急性大叶性肺炎),住了一个多星期的医院。有的同学家里穷,在校连饭都吃不饱,从家里带的罐装咸菜长了蛆仍然还得吃,而且还要自欺欺人地说:"是'咸蛆'没有毒。"40 年,整整 40 年了,昔日求学路上的艰辛、校园的和谐、开心的玩耍,枯燥的生活、儿时的疯癫等犹在眼前。

40年后，我们也是"尘满面，鬓如霜"，大多数人虽然是含饴弄孙的年龄了，但还在不停歇地工作和劳动。很多事都提得起，但却放不下，因为我们心还未老，或者心不服老；因为我们都还健在，能吃、能玩、能做、能疯、能跑；更因为我们遇到了这个千载难逢的好时代，住的、穿的、吃的样样不愁，用的、玩的样样不差。我们一机在手，吃、穿、住、行各种需求，仅凭手指一点就能立即满足，我们既能一日行千里甚至万里，也能远隔重洋与家人通过视频"面对面"聊天，还能坐地巡视天下事。但是，我们分开40年来却未能相互"审亲"，大家也许近在咫尺却似相距千万里，你我也许路上碰个面对面，却不敢相信是昔日的同窗。因为几十年了我们未曾相聚，时间拉开了我们的距离，岁月改变了我们的容颜，生活染白了我们的黑发。我内心深处禁不住地惆怅，我要大声地呼唤：亲爱的同学，你们在哪？

时光荏苒，岁月蹉跎，40年弹指一挥间，我们少了昔日的意气风发，我们少了儿时的童趣天真，变得沉稳持重，懂得了友情的珍贵。同学们，你们在哪里？在哪里？在哪里呀?！

用手机记录生活的美好

　　因为不会电脑操作，加之这些年都是在农村驻点，于是从2020年开始，我的全部文稿开始靠手机完成。2021年底，我完成了12万字的《扶贫日志》。那是在疫情期间，我被封在了义和镇新六村，白天有事忙还好，可是晚上就显得十分孤寂，因为当时的紧张状态是除了工作人员正常的工作之外，所有人员只得在家待着，不准外出流动，我的租住屋是一间三层的农户房，主人一家都在南方打工，我们两名驻村的队员就在这里食宿。屋子里没有电视机，我们与外界联系的唯一方式就是一部手机，因此，在那段特殊的时期里我开始用手机写日记。这一本《闲来无事》的所有文稿全部是手机朋友圈或是手机QQ空间里留下来的文字。

　　大约2022年初，云超老弟就鼓励我出一本散文集，汉超主席以及很多微友看了朋友圈的文字后也建议我结集成册。没承想这些零零碎碎的文稿写着写着竟然多达20余万字，如果不收录整理似乎可惜，也许还会因年久而丢失。这就是我出版这本集子的真正动意。

　　还有15个月我就要办理退休手续而真正成为一名"退休"人员了，回想来时路，百感交集，"我怎么一瞬间就退休了？"43年的工作生涯简直就像昨天，竟然如此之短。

"退休后还能不能干点什么呢？"这是我从 2024 年以来一直在考虑的一个问题。目前，我国的人均寿命不断提升，80 多岁的人群数量不断增加。那么，退休后的闲暇之余如何安排才能真正做到"老有所乐，老有所为"。自己在体制内，特别是在公安系统这个群体中干了几十年，没有学到什么从业创业的技能，能否适应新的环境？能否让别人接受？等等疑问在我的心中纠结，所以我把这本集子定名为《闲来无事》。

翻看书中文字，文集中有三分之一的文字记录了我的原住村庄和原生家庭。虽觉平平淡淡，没有真正意义上的文学艺术，但又觉得这些文字并非毫无意义，有些篇章甚至还让人触景生情；有的文章"留住"了一桩往事，还原了一段历史；有的文字记录了我的足迹，捕捉了我的思想。

每次出版书籍总免不了出现一些差错之处，这一次的文稿从交到负责出版的公司算起，再到样书捧在手上阅读，中间的校审时间约 7 个月，在我的手上又停了 2 个多月时间。应该说多层把关，然而，我仍是忐忑，难免没有错误，在此，我深深地希望读者真心赐教！

最后，感谢著名长篇小说作家，我的宗亲陈敬黎先生再度不吝翰墨作序！感谢应城市作协贾玲丽美女的校审！感谢《今古传奇》的蒋茜女士及其全体校编人员！

2025 年 4 月 2 日晚于咸宁市温泉宾馆